# Lettres de Lame
L'être de l'âme

Nicolas Melzer

# Lettres de Lame

## L'être de l'âme

L'écriture de ce roman a été achevée en juin 1993,
lorsque l'auteur avait 18 ans.

Merci à Élodie pour les corrections et les conseils,
à Cilène pour le support <3

© Nicolas Melzer, 2024

Édition : BoD – Books on Demand, info@bod.fr
Impression : BoD – Books on Demand,
In de Tarpen 42, Norderstedt (Allemagne)
Impression à la demande

Photographie de couverture : Emmanuelle par Nicolas Melzer
Illustration de dos : AI Tools by Freepik

ISBN : 978-2-3225-4074-7
Dépôt légal : Juin 2024

*À celui qui parcourait les routes avec des idées baroques plein la tête et une vision bien personnelle du monde, que j'ai beaucoup aimé être.*
*À cette partie de ma vie qui me manque parfois ; qui semble si loin, si proche. À ce gamin qui m'est si familier ; qui garde encore pourtant tellement de zones d'ombre aujourd'hui.*

*Une pensée à Stéphanie, qui a inspiré des bribes d'Amélie.*

*À ma mère, à André, à Cilène.*
*Aux gens que j'aime, qui se reconnaîtront.*

# La falaise

Je me suis approché d'elle. Me suis avancé, pour la toucher.
J'ai caressé sa joue ; si fine, presque transparente.
Elle ne m'a pas regardé. Ses yeux étaient rivés sur le ciel.
J'ai fui, alors, pour me cacher.

…

Depuis combien de temps suis-je caché maintenant ?
Je ne me souviens de rien.
Le vide est absolu, creux.
Il fait nuit noire. Je suis accroupi, derrière un massif de ronces, au sommet d'une falaise. Je ne reconnais pas le lieu.
Des éclairs déchirent le ciel sporadiquement. Le tonnerre se charge de donner une dimension sonore au décor.
Et il se donne du mal. Mais je ne l'entends pas.
Le tonnerre est en moi. Sourd et envahissant.

La pluie me lacère le visage, s'infiltre en-dedans par chaque pore de ma peau. Elle me ronge, telle une nuée d'insectes hostiles. Je suis trempé jusqu'aux os. Perméable et consentant.

Je suis conscient, mais je ne ressens pas.

Je ne sens pas le froid, s'il est là. Je ne sens pas la force du vent, qui semble vouloir me faire plier, me renverser dans le vide. Je me raccroche aux épines devant moi, qui entaillent mes mains. Mais je ne sens rien.

Le vent hurle comme un dément.

Il ne m'impressionne pas. Il m'en faut bien plus que cela.

Et surtout, il y a *elle*. Là-bas.

*Elle*, qui se balance au gré de son souffle puissant. Petit corps léger à la merci de ce dieu omnipotent.

Elle accomplit sa dernière danse. À une centaine de mètres devant.

C'est pour elle que je suis ici. Je le sais.

C'est elle que j'observe, de loin, tapi dans l'ombre.

Mon ombre.

Hypnotisé par ce ballet funèbre, ce dernier rite de passage. Incapable de bouger, d'aller la détacher.

Je ne me souviens de rien.

Ni même de qui je suis exactement, en cet instant.

*Ma vie commence ici.*

Je crois savoir qui elle est. Mais je n'ai aucune idée de comment je le sais ; juste la certitude de la connaître.

Son prénom est Ofeli, je ne sais pas davantage comment je le sais. Le fait est que je l'ai su, et que cela est resté.

C'est un bon début, un prénom. Peut-être l'essentiel, même. L'essence de chaque être. Un sens se cache derrière chacun d'entre eux.

Nous avons tous un nom. Comme chaque chose.

Soit, ce sera Ofeli.

Une silhouette apparaît soudainement dans mon champ de vision, se découpant dans le noir, là-bas, et glisse en direction du corps de la petite fille. Car Ofeli est une petite fille.

Arrivée tout près d'elle, l'ombre se fige subitement, et s'enfuit en sens contraire, visiblement choquée. Tout comme je l'ai été, quelques instants auparavant.

Alors je suis resté caché.

...

Pendue à cette branche depuis plusieurs heures, Ofeli est une petite fille.

Une jeune fille, aurait-elle rectifié ; en passe de devenir femme.

Ofeli ne sera jamais une femme. Le printemps est mort avec elle ce soir.

De toute façon ça ne lui aurait pas plu, ce monde d'adultes.

Cela fait partie des choses que je sais.

Ofeli est la pureté. L'innocence incarnée ; la blancheur immaculée. Maculée de sang, à présent.

Ce sang. Et elle ne sera jamais une femme.

Sa bouche n'est plus qu'un trou béant, figée dans un hurlement qui reste suspendu à cette nuit immortelle. Quelqu'un a manifestement voulu la faire taire.

La vérité sort de la bouche des enfants disent certains, qui ne savent rien. Et la vérité fait peur. Alors on la mutile, on l'écorche ; on la bafoue.

La vérité est un secret.

« Bouche cousue ». Vite ! Réparons cette offense faite à un visage si doux. Refermons ce trou béant d'où la vie s'en est allée. Évitons à notre vue ce spectacle inesthétique, cette vérité hypnotique ; nous ne méritons pas cela.

Ceci est l'œuvre d'un dément, très certainement.

Un petit groupe d'insomniaques curieux s'est formé autour de l'ambulance qui vient d'arriver. Des oiseaux de mauvais augure qui viennent se repaître de ce spectacle carnavalesque.

Un peu de fil, une aiguille, et voilà. Ofeli sera condamnée à ne jamais plus parler, dans l'au-delà.

Qu'importe, ses yeux sauront. Ils apprendront.

Ainsi, Ofeli est suspendue, entre une nuit et un jour qu'elle ne verra jamais.

Et moi je reste caché. Le regard accroché à ce petit être ballotté par le vent, qui représente en cet instant l'entièreté de mon univers, le centre et les côtés. La seule chose existante.

Le seul acquis.

Chère petite fille.

La lune nimbe ton doux visage mutilé d'une lumière spectrale, conférant à la scène une atmosphère surnaturelle.

Joli fantôme au corps fluet, tu as revêtu ton masque afin de jouer ton rôle, de l'autre côté. Tu vas bientôt pouvoir entrer en scène.

Mais pour l'instant, tu fais tache dans cette partie de notre monde, éclairée par intermittence par la lumière des éclairs et du gyrophare.

Ils te détachent, alors. T'ôtent de ta potence. Ta danse avec Éole s'achève ici. Tu iras rejoindre les airs un peu plus tard dans la nuit. Car tout n'est pas fini, tu as encore des choses à dire, même si le monde se refuse à les entendre. Des secrets qui partent avec le temps, que l'on oublie en franchissant le seuil du monde adulte.

Ci fait, la place est nettoyée. La pluie achèvera de l'épurer. Tout reste bien propre. Les gens sont satisfaits. Rien ne viendra troubler leur sommeil. Seule restera l'image d'un lieu resté bien net. Les ambulanciers/épurateurs ont effectué leur travail. Chacun peut rentrer chez lui.

Et le vent hurle pour rappeler les gens ; la pluie essaie de les réveiller.

Il n'y a plus que moi, qui reste planté là. Trempé jusqu'au sang.

Seul témoin finalement de cette scène nocturne. Hanté, déjà, par cette image d'Ofeli ; ne sachant que penser, ne sachant où aller.

Petite fille, comme j'aurais voulu te rencontrer autrement.

*C'est là, oui, que tout a commencé.*

\*  \*

\*

Une nuit entière j'ai ressassé ce moment. Bien d'autres nuits encore. Toutes les nuits, depuis. Chaque instant, chaque seconde, passés à y penser.

Cette image intangible, ce mauvais rêve, désespérément réel. Imprimée à jamais sur ma rétine.

Une fine robe de gaze blanche contrastant avec la nuit. Enveloppant ce petit corps léger, lourd de sens. Un doux linceul.

Mais cette nuit-là plus que toute autre. Car elle ne faisait que commencer.

La nuit la plus longue qui ait jamais existé.

Une nuit bourrée d'étoiles.

Des constellations entières témoins de cet acte théâtral et qui ne diront rien, qui resteront muettes. Elles brillent de toute leur magnificence ce soir, complices de ce méfait, et confèrent à cette nuit un éclat particulier, terrible et inoubliable.

Une nuit étrange et malfaisante. À croire qu'il n'y en aurait jamais plus, après.

La fin d'un univers peuplé de chimères, de songes. Celui d'une enfant qui n'avait pas sa place dans ce monde.

Une nuit figée dans cette image. Plusieurs images en fait. Malsaines, macabres, presque provocantes.

Celle de tes yeux, fixés sur les étoiles comme pour implorer de l'aide aux habitants de tes rêves.

La vision de ta bouche, ouverte dans un cri éternel, écartée plus qu'il n'en est possible, en une grimace obscène, inhumaine.

Ton petit cou gracile, marqué à jamais d'une cicatrice indélébile, cassé par le poids de ton corps suspendu.

Cette corde, enfin, qui n'y est pour rien.

Une nuit nimbée d'irréel, de visions et de cauchemars. Partagée entre une réalité bien trop présente, et des percées d'un sommeil furtif enfantant des rêves acides, tristes et salés.

Une voix dans la tête ; des sons, sensations et odeurs. Ma mémoire, mon intellect, s'emballent, s'ébranlent, se fixent et se bloquent sur ce moment précis, présent ; passé, plus tard, mais toujours présent.

Le figent.

Et je pense à toi. Ça me ronge. Ça fait mal, mais je ne sens plus rien.

Juste engourdi à l'intérieur.

Je pense à toi tellement fortement. Plus encore. Alors l'image de ton divin visage prend la place du mien ; et je me sens bien. Alors j'ai cette impression insensée de te laisser lire mes pensées ; de voler les tiennes, aussi. Impression de t'appartenir ; et de te tenir.

Une pulvérisation progressive et latente, sous-jacente. D'un esprit, d'une merveille, à la sensibilité exacerbée, incontrôlée.

Une extraction de sentiments, de moments, d'instants.

De minutes rêvées, souhaitées, vécues. Ne plus penser.

Un effluve de sensations, de senteurs, morceaux de sons.

À la sonorité cristalline, d'une douceur exquise, dramatique.

D'un brouhaha infernal, fatal.

De spirales, de volutes, le chant d'une flûte ; l'image d'un voile, d'étoiles.

Ma mémoire figée depuis tout ce temps s'éveille brusquement.

Un subit torrent de souvenirs, enfouis depuis des empires. Trop subit, trop important ; violent.

Une déchirure interne irréparable, une explosion insupportable.

Une brèche s'ouvrant, un trou béant ; une coupure qui ne cicatrisera jamais. Qui restera. Même si, avec le temps, sans nul doute, elle s'effacera ; même si elle s'estompe, un jour futur. Ne devient qu'une ligne, un signe.

Je sais qu'elle se rouvrira.

…

Et si cela n'avait été qu'un rêve, après tout ? Une hallucination, dessinée par une trop grande fatigue. Un rêve qui hanterait le reste de mes jours, bercerait chacune de mes nuits, m'accompagnerait dans tous mes tourments.

Mais si cela était vrai, qu'était-ce finalement ?

Se pouvait-il que ce fût un suicide ? Si jeune ? Non, ce ne pouvait être qu'un crime.

Mais quel fou avait-il pu faire cela ? Un homme qui tue un enfant ne peut être sein d'esprit. Il se tue lui-même. Il détruit sa propre enfance, son passé, ses racines, et n'est de sorte plus rien, ni personne.

Il n'existe plus.

Homme ou femme, je le traquerai ; ce tueur de mémoire, ce justicier illusoire. Je n'ai pas croisé ta route par hasard Ofeli. Il périra de ma main. Je l'écorcherai, lui arracherai la peau de mes ongles. Je m'assurerai qu'il n'existe plus. Et ce n'est pas une promesse, c'est une prophétie.

Mon nom est RéZo et je poursuis un meurtrier.

\* \*
\*

Plusieurs jours durant, j'ai erré. Je me cachais. Je dissimulais ma peine aux yeux du monde.

Des nuits j'ai hurlé ; j'ai pleuré. J'ai plaint cet homme maintes fois. Qu'il doit être triste et misérable pour accomplir une telle faute, un tel péché. Atrocité.

Des nuits j'ai chanté, pour te bercer dans l'au-delà, te consoler. Que tes nuits à toi, là-bas, soient légères et réconfortantes, fillette.

Des litanies troubles et déstructurées poussées par la seule force de mon désespoir. Comme un appel à quelque chose ; à une réversibilité imminente, un retour en arrière. Que le ciel gronde, et que tout revienne, comme avant.

J'ai souhaité cet instant de tout mon cœur, de tout mon corps ; pour que tu reviennes.

Et tu es revenue.

Non évidemment, pas comme cela. Pas si facilement que ça.

Tu étais là, toujours, habitant mes pensées diurnes, ça oui.

Tu m'es apparue, aussi, dans les bribes confuses de mes rêves, lors de trop courts instants de sommeil. Tu semblais tellement réelle.

Mais tu es revenue, de manière beaucoup plus concrète : devant moi cette fois-ci, et non en moi. Une lumière intermittente, douce et apaisante ; oui, c'était bien toi, mon petit ange.

…

Cela faisait trois jours déjà que je m'égarais au gré de ma douleur, plus que jamais déterminé à n'en plus revenir, me laissant doucement emporter par la mort, seul aboutissement réel à ma trop grande affliction. Douleur morale, mais aussi physique.

D'une part due à un manque de sommeil certain, elle se manifestait violemment en me fissurant le crâne au rythme des heures perdues, me fracassant les tympans ; violant ma vision et la remplaçant par des ombres floues et déformées. Me morcelant les jambes à chaque pas.

La faim, d'autre part, me lacérait le ventre ; le labourait de bas en haut, de droite à gauche, remuant mes tripes.

Poussé par cette trop grande faim, je grimpai à un arbre et tentai d'en arracher les derniers fruits restants.

Et je t'ai vue, là, devant mes yeux. La bouche cousue, et le regard ouvert, profondément noir, terriblement profond. Et surtout désespéré et triste ; si triste.

Surpris, j'ai trébuché, me lacérant le visage et les bras sur le tronc. Le temps de relever les yeux, et déjà tu n'étais plus là.

Une pointe de bonheur s'est alors introduite en moi, de quelques millimètres à peine ; suffisamment pour que je la sente. J'ai été alors si heureux, de savoir que tu étais là encore, près de moi. Que tu ne m'avais pas quitté.

À deux autres reprises, j'ai cru te voir ; trop brèves pour être certain.

Et depuis, j'attends. Je vis dans la pensée que tu es là, parfois.

Le vent qui frétille, le bruissement des feuilles, l'onde de l'eau, chaque vibration me suggère que c'est peut-être toi, ma petite fée, petit esprit.

# La plage

Après quatre jours d'errance irrésolue, et quatre nuits à courir après les morceaux épars de ma raison, savoir que tu étais là, que tu n'étais pas vraiment partie, me remplit d'une joie intense. Âcre, mais bel est bien réelle. Tu m'étais apparue. Tu étais revenue et je ne cessais de me le répéter ; à voix basse, pour que les gens ne sachent pas.

Une idée fixe.

Je me suis alors soumis à une once de bon sens, et suis rentré à mon hôtel, dans le centre-ville, aux premières heures du matin.

Mon visage, visiblement, portait les séquelles de mon agonie morale, de ma fugue mentale, à en voir la manière insistante dont le garçon d'hôtel me regardait lorsqu'il m'a remis les clefs de la chambre.

Je n'aime pas que l'on me regarde ainsi ; d'aucune façon, pour aucune raison. Qui est-il pour poser les yeux sur moi de telle sorte ? Se faire quelconque commentaire intérieur sur cet aspect physique que je revêts, cette mutation physiologique ? Je porte sur moi le masque du désarroi, l'armure du chaos. Et nul ne peut, ne doit se permettre un tel affront.

Je monte dans ma chambre, suivant le cours de mes pensées, manquant une marche, manquant de tomber. Chuter de milliers d'étages, de milliers de pensées ; chaque marche étant un bout d'idée, sans début ni fin, dénuée de sens. Juste des sensations ; de douleur, de trouble, de confusion.

...

Une ombre se faufile derrière RéZo. C'est PsYché ; un personnage-clef.

Il dérobe, à juste titre, les clefs du garçon d'hôtel, sans même que ce dernier ne le voie.

Puis il suit, marche à marche, chacun des pas de RéZo. Pensée après pensée, suivant le cours de ses idées, son cheminement mental.

Une ombre vivante, mouvante, qui n'a de cesse de suivre notre héros.

Un personnage funeste, qui traque et pourchasse sans fin, sans répit ni relâche. Un être aux noirs desseins, un devenir malsain. Une victime, aussi, d'un destin déjà tout tracé.

RéZo ne le connaît pas. RéZo ne se retourne jamais, ne regarde jamais en arrière.

PsYché, lui, connaît bien RéZo. Mieux que quiconque.

Il glisse le long des marches, sur les traces de celui qui le précède. Mais il ne rentre pas, lui, dans la chambre. Pas dans cette chambre, non. Il préfère les autres ; celles dont il vient de dérober les clefs. Le but avoué étant de visiter des existences, des parcelles de vie. Qu'il assemble ou s'approprie selon son envie. C'est là son grand plaisir.

Et Monsieur est un gourmet. Il aime choisir ses victimes.

Écoutez-le fredonner, au gré de sa quête, au gré de ses conquêtes :

— Je suis l'homme fractal, l'homme morcelé, fractionné, imparfait. J'erre dans les vies, à la recherche des fragments qui me manquent. Bribes de personnalité, morceaux d'ego. Je suis le pilleur d'intérieur, le voleur d'âmes.

Si la vôtre m'intéresse, si elle me séduit, alors je m'infiltre silencieusement derrière vous et subtilise quelque once de votre Moi profond. Je bois une partie de votre souffle. Cette substance vaporeuse si chère à ma survie, ce substitut d'amertume.

Alors il va, de pièce en pièce. Tentant de se rapiécer lui-même.

Il choisit une personne parmi ces âmes. Une jeune femme, qui dort encore. Tout le monde dort à cette heure-ci.

Le sommeil l'enveloppe d'un charme tout particulier. Une aura douce et chaude.

— Regarde-moi… Perds-toi dans les profondeurs de mon âme multiple.

Un murmure mental, envoyé d'un esprit à un autre esprit.

La jeune femme, encore perdue dans la brume de ses songes, ouvre difficilement les yeux. Les écarquille subitement, lorsqu'elle voit. Les ouvre bien trop grand, lorsqu'enfin elle comprend.

Elle ne les refermera jamais plus.

« Attaque cardiaque », dira-t-on par la suite. Non. Simplement, la demoiselle n'a plus d'âme. Cette dernière a été bue par quelqu'un qui en avait plus besoin qu'elle.

Acte fait, PsYché n'est plus là.

…

Arrivé dans la chambre, mon premier réflexe est de prendre une douche.

Une douche que je ressens comme purificatrice et bénéfique, qui me lave de ces quatre nuits de souffrance, de ces quatre journées d'agonie. Une douche qui noie toutes ces mauvaises pensées, pour un moment. Chacune des gouttes d'eau diluant mon tracas, qui s'évacue avec elles dans le trou noir de la douche. Mauvais rêves se vidant dans un tourbillon bruyant, vomis à jamais dans un égout infernal ; un véritable dégoût.

A jamais, vraiment ?

Puis je me rase, la barbe m'ayant poussé plus que de raison. Le reflet du miroir me renvoie l'image d'un visage soucieux, sombre, écorché sur toute la face droite. Mes mains sont meurtries, je le sens, maintenant.

Je me couche anéanti, et sombre immédiatement dans un coma profond.

Les mauvais rêves me rattrapent déjà dans mon sommeil. Des rêves tapissés d'horreur.

D'une pièce, au papier peint marron se décollant, se détachant. D'un coin de cette pièce plus sombre que les autres. Le scintillement d'un regard dans ce coin de pièce, scrutateur, m'observant attentivement.

D'une lame affinée, transperçant le corps de cet homme qui m'avait regardé, coupable songé du meurtre de ma petite fée.

D'un rictus aux proportions démesurées, un rire sardonique et démoniaque, de cet homme aux clefs multiples, moi, une lame dans le ventre, me regardant moi-même.

De grands yeux noirs, ronds et étoilés, profonds comme l'est la nuit à certains endroits, me regardant fixement, avec une compassion désarmante.

D'un fil d'argent, qui jadis refermait une boîte à secrets, recousant maintenant mon ventre ouvert.

Je me réveille en sursaut. La faim me tord le ventre atrocement, ce dernier gargouillant dans un fracas sonore proche de celui émis par le trou noir de la douche.

Je me lève. Mes yeux mettent un certain temps à replacer le décor de la chambre autour. Un coup d'œil à ma montre m'indique que j'ai dormi quasiment une journée.

J'enfile mes vêtements encore mouillés, ce sont les seuls que j'ai. Apparemment je n'avais pas prévu de rester ici très longtemps. Encore un morceau qui me manque. Mais je n'ai pas l'esprit à trop me questionner.

Il faut que je mange.

\*\ \*

\*

Le garçon d'hôtel a changé. Il me salue sympathiquement, et m'apprend que je suis dans le Nord. Il semble très surpris que je lui pose la question.

Tant pis pour lui.

Dehors, la nuit n'est pas complètement tombée, mais déjà les lumières de la rue sont allumées. Le port est peu fréquenté à cette heure-ci. Quelques badauds se promènent encore, ou rentrent chez eux. L'air est glacé.

J'allume une cigarette pour me réchauffer, me réconforter ; me faire plaisir. Un plaisir simple.

Mais chaque bouffée remue le vide dans mon ventre, qui se crispe, se crampe. Je la fume malgré tout, car elle fait partie d'un moment de calme, de tranquillité d'esprit. Compagne d'un instant.

Les mâts des bateaux hurlent, crissent et se plaignent dans le vent. Ils chantent. Fantômes désenchantés pour qui l'humanité n'a plus de secret. Esprits bien présomptueux.

Le port n'a que des restaurants de poissons et de fruits de mer à proposer. C'est une fatalité. Et ils sont fatalement trop chers pour moi.

Je crois me souvenir d'une petite crêperie située dans une rue derrière. Je m'enfonce donc dans la petite ville.

J'aime les crêpes.

…

Le fait de pénétrer dans un espace public tel qu'un restaurant m'ennuie profondément. Trop de gens.

Et je n'aime pas les gens.

Dès que le seuil de la porte est franchi, ils vous regardent déjà tous, se retournent, vous suivent des yeux, comme des prédateurs guettant une proie. Ils chuchotent, épient le moindre geste. Se tiennent sur le qui-vive, prêts à intervenir – ou plutôt à médire – ne laissant passer aucune faute, aucun mouvement, jusqu'au plus infime déplacement dans l'espace, mal exécuté.

Est-ce là la nature humaine ?

Il semblerait que ce soit la nature d'une espèce humaine. Malheureusement celle qui réside en plus grand nombre, sur une bien trop petite planète ; car les chances d'éviter cette espèce sont véritablement très faibles.

Le plus tragique, c'est que ces gens ne se rendent pas compte. En cela, simplement, je les hais.

Si vous poussez de surcroît la provocation – au-delà de commettre l'erreur d'être là et d'oser respirer – de le faire seul, ils ne vous le pardonnent pas. La solitude dans un lieu public inquiète les gens.

Alors, ils vous observent, tentent de sonder l'étrange créature que vous représentez à leurs yeux encrassés. Un être seul. A croire que cela n'existe pas. (« Qu'il doit se sentir bien seul ! Et triste ! Mais comment se fait-il… ? Il a certainement des problèmes, pour être seul, ainsi… »)

La solitude, même si c'est un choix, n'est pas de bon ton chez ces gens. C'est une maladie. Et l'homme qui la contracte devient un paria.

Et moi, mon problème actuel, c'est de me trouver parmi vous, gens ; accusateurs moraux, détenteurs de la vérité, du pouvoir de décider ce qui est « bien » et ce qui est « mal ».

Or je crains bien que ces deux principes fondamentaux n'aient une interprétation déformée dans vos petits cerveaux imbibés de formol. Un sens décalé, paré de superficialité. C'est votre interprétation.

Je suis un être venu d'une planète très éloignée, où il n'y a aucun habitant.

Et je ne vous aime pas. Ma seule force serait de vous ignorer, mais je ne le peux même pas. Vous êtes trop nombreux ; vous êtes partout.

Chacun d'entre vous pourrait être ton meurtrier.

Et cette seule idée me rend fou. Me charge de haine pour vous.

Ofeli. Toi je t'aime, oui. Car tu n'appartiens pas à cette race. Tu es de cette espèce dont on parle dans les contes pour enfants. Pour certains adultes, aussi ; différents.

Mes pensées s'effilochent, à mesure que l'odeur de beurre fondu s'infiltre dans mes narines, pour gagner mes neurones.

Et le gargouillis pénible de mon ventre finit de m'arracher définitivement à mes réflexions, du moins pour le moment.

Une jolie jeune femme m'invite à la suivre, à travers la salle de restaurant, jusqu'à une petite table isolée, sous le regard scrutateur de mille yeux vivants.

— Ici, vous serez bien, ponctue-t-elle avec un sourire complice.

Alors oui, d'autres personnes, parfois, lisent dans vos pensées, et ont le don de vous comprendre, au bon moment.

Et je la remercie.

Je commande une galette et une bouteille d'un excellent cidre, qui me plonge par paliers dans une ivresse bienvenue. J'en recommande une, ce qui me permet d'apprécier à nouveau le sourire de cette charmante serveuse.

Dans mon verre, la dernière bulle remonte, éclate à la surface.

Et je m'en vais, laissant derrière moi des gens, que je n'avais pas envie de voir, que je n'ai pas vus, que je ne regarde pas.

\* \*
\*

Dehors, la nuit s'est enfin installée, et le froid a vite fait de vous remettre les mauvaises idées en place. Les rues sont vides de vie, maintenant ; pleines de vent.

A la dérive dans ces rues, l'immatérialité des choses qui m'entourent me touche plus que cette espèce dont il paraît que je fais partie.

Dans ma tête, la dernière bulle remonte, éclate à la surface de mon esprit, y distillant une vapeur apaisante, au goût sucré.

Je n'ai pas envie de rentrer.

Et mes pas me conduisent irrémédiablement vers la mer, vers la plage. Vers la falaise.

Je me trouve au pied de la falaise.

A chacun de mes pas les galets s'entrechoquent et claquent, le son retenti dans l'espace et ricoche sur le roc ; glisse sur l'eau de l'océan, s'enfonce dans les abysses.

Me voici au bord des eaux. Au bord du monde. Face à une nuit infinie. Face à un ténébreux avenir.

La nuit des temps s'étend, juste devant.

La mer a totalement perdu la raison ce soir. Elle vient se fracasser sur les galets avec une violence terrible, un acharnement de forcenée.

Elle ne sait pas qu'elle n'ira jamais plus loin, alors elle tente. C'est un suicide immortel, perpétuel ; cyclique.

Quoiqu'un jour, qui sait si elle n'ira pas plus loin ?

Le vent, lui aussi, joue un rôle de dément dans ce décor dépouillé. Il souffle comme un cinglé, psalmodiant des mots insensés, ânonnant des inepties ; des mots secrets.

Lui possède l'une des clefs.

Et dans cette atmosphère élémentaire, cet univers millénaire, je me sens bien.

Chacun accomplit sa tâche, sa destinée. Répétant chaque acte à l'infini.

Car le temps n'est pas une ligne droite, c'est un cercle ; ou plutôt une spire. La moindre action ricoche sur cette spire temporelle, entraînant des conséquences souvent immuables. A moins que la trajectoire ne soit déviée par quelque élément extérieur.

Je longe la grève, progressant à tâtons dans ce noir profond, m'enfonçant dans cette partie inéclairée du monde ; tournant le dos aux lumières de la ville. Jusqu'au point où les rochers se substituent aux galets, créant un mur pour les promeneurs nocturnes ; une aire de jeu, le jour, pour les enfants téméraires ; mille et une chaises pour les amoureux aux regards tournés vers l'horizon.

Je m'assois.

Sur mon rocher.

Un rocher parmi tant d'autres. Et me voici observateur pensif du jeu des vagues sur le récif.

Un rocher. Les vagues.

Seul.

Besoin de quelqu'un. Quelqu'un à qui parler.

Communiquer.

Échanger.

Alors, Ofeli m'apparaît. Subitement.

Distinctement.

Elle m'a fait peur, je dois l'avouer. Elle m'observe, assise sur son rocher aussi, à quelques mètres. Sa robe blanche dessine une tache dans l'obscurité. Son visage, aussi, dans la réalité.

Je ne l'attendais pas.

Sa présence me dérange presque, en cet instant. Ce fantôme léger, éthéré ; empli d'un mal si lourd.

Et je ressens...

Un malaise se répand en moi, mêlé à une sorte de joie âcre.

Je ressens...

Elle essaie de me dire quelque chose.

Mais elle reste muette ; sa bouche, elle n'en a plus. Rien qu'une couture. Je perçois comme une voix, dans ma tête. Sa voix. Un contact mental. Très faible. Trop enfoui. Peur que je sache. Que je ne supporte pas.

Alors elle me regarde tristement, espérant que je découvre, que je perce le mystère ; l'abcès. Cela lui ferait tellement de bien. Elle ne serait plus seule à savoir. Car elle est seule, elle aussi. En cela nous nous ressemblons. Une sorte de reflet ; c'est pour ça qu'elle me suit. Cela se répercute à l'infini.

C'est à moi de trouver quelqu'un. Elle, elle m'a trouvé ; mais moi, j'ai besoin de quelqu'un de chair et de sang, d'une chaleur humaine, d'affectivité.

Un type vient de passer. La curiosité maladive. Curieux de voir. Une ombre humaine, là, dans cet endroit reculé des falaises. Dans cet ordre chaotique. Parmi le hurlement des mouettes.

Je ferme les yeux, et je pense : si une jeune femme passait ici, et qu'elle entende mes pensées. Si cette personne comprenait. Tout ce qui est enfermé. Si elle acceptait. Que je la prenne dans mes bras. Que je la sers contre mon cœur.

Je rouvre mes yeux tout doucement, très lentement, pour ne pas lui faire peur, à cet Être que j'espère si fortement ; ne pas la faire fuir en les ouvrant trop brusquement.

Mais il n'y a personne, évidemment, seulement la mer.

Et Ofeli.

Elle me regarde bizarrement, son visage semble refléter la jalousie. A-t-elle entendu mes pensées ?

Alors elle se lève. La petite ondine saute de rocher en rocher, frôlant l'écume. Elle fredonne une chansonnette. Un son altéré, nasillard. Sordide.

Petit être immatériel évoluant parmi les ombres.

Elle s'arrête. Me regarde de son air triste qui me transperce. J'essaie de lui sourire. La mer monte ; loi des marées.

Une fois encore, je la perds.

…

Je quitte la plage, rapidement happé par la lumière électrique de la ville. À ce moment, le froid m'enveloppe totalement ; un froid humain. L'aspect glacé de l'humanité. Mais je ne le sens pas ; plutôt, j'essaie de l'ignorer.

Je déambule alors dans les ruelles de l'arrière-ville, sans but précis. Je n'ai pas envie de rentrer à l'hôtel, pas maintenant. Je ne veux pas dormir, c'est encore trop tôt.

J'aime marcher ainsi dans une ville, à cette heure avancée de la nuit. Sentir chaque pavé, chaque pierre.

Et ce soir, l'humidité s'est chargée d'y déposer une petite pointe de mystère, un léger brouillard rasant. Le pas glisse sur le sol mouillé ; et chaque son est étouffé, enrobé par la vapeur d'eau. Tout ceci me donnant une agréable sensation d'intimité, d'immunité totale.

Je me fige un instant, tendant l'oreille, afin d'écouter la ville qui dort. Quel merveilleux son, ce silence de paix.

Une porte claque, une clef tourne dans une serrure, vers la direction que j'ai choisie. Je m'en approche tranquillement.

C'est la serveuse de la crêperie, qui termine son service. Je ne m'étais pas rendu compte que je retournais sur mes pas. Le brouillard y est certainement pour quelque chose.

Visiblement la jeune femme me reconnaît, et m'adresse un sourire chaleureux, bienfaisant, qui s'accorde très bien avec l'éclat de son visage.

Une aura de douceur l'entoure, délicate, tiède ; m'effleure, me touche. Je la sens, fortement, elle me traverse un bref instant. Un instant éternel, rangé dans un coin de ma mémoire, à jamais.

« Il y a des anges sur terre », m'avait dit un jour un vieil homme dans le métro, sans raison. Il savait. A présent, moi aussi je sais.

Je tente de le lui rendre, ce sourire, cette miette de sincérité ; mais je n'ai pas l'habitude.

Loin après, encore, j'ai l'image de son visage dans mon esprit.

…

Une fois RéZo passé, la jeune fille ne sourit plus. PsYché est là, à la suite de ses pas nocturnes, taciturnes.

Et les anges font partie des êtres qu'il affectionne tout particulièrement. Lui aussi peut se vanter d'être un ange, d'ailleurs ; exterminateur. Un ange de l'Apocalypse, un messager du malheur. Fils d'Abbadon, cousin d'Izrâ'îl, seigneur de l'enlèvement des âmes. Et cette âme-ci lui plaît. Il la lui faut.

La jeune femme l'a sentie, cette envie, ce besoin.

L'inclination de son sourire a changé, s'est modifié ; la bouche prend l'inversion. Puis les lèvres se décollent, s'écartent. Un son s'échappe ; inaudible d'abord, léger. N'a même pas le temps de se former, de se confirmer, d'exister.

Une voix, des mots parviennent à ses oreilles ; profanent son esprit.

Un susurrement :

— Je reste au fond, pour l'Âme du fond. Je suce et racle les restes de vie. Assis dans un coin je t'attends, à l'écoute de tes tourments et sentiments. Je te chuchote des choses confidentielles, tout bas, juste pour toi.

Viens. Viens et entends la poésie. Laisse-moi t'entraîner dans les recoins de ma vie, t'y perdre, puis te retrouver. Juste une question d'identité. Entre. Entre et vois les habitants de ma boîte crânienne. Je suis un bon voisin, et je choisis bien mes résidents ; ma famille. A chaque moment, selon le besoin. Selon mon appétit. Comme une drogue, ce besoin est incertain.

Et j'ai faim. Entre et vois, tu es mon passager. Prends peur et laisse ton âme au fond. La confusion. La perception. Simple conversation, trompée par différentes mémoires, souvenirs.

Toi et Moi. Moi et moi, maintenant. Toi n'étant plus rien. N'ayant plus de voisin.

Et le contact est fait ; tu étais la bienvenue.

Et je croîs, inconstant. Homme collectif rempli d'habitants, de passagers et de conversations.

Et je dois vivre avec tous ces gens, qui ce soir comptent un nouvel arrivant.

Il reste au fond, pour l'âme, du fond ; suce et racle les restes de vie.

Elle, est assise dans un coin de cette rue, inerte ; vidée, maintenant, de tout tourment et sentiment.

Son pouls bat lentement, ses yeux sont dilatés à l'extrême. « Encore une camée », iront dire certains. Ils ne savent rien.

PsYché aussi a les yeux dilatés. Il hâte son pas, à la suite d'autres pas.

Puis, lorsqu'il l'a rejoint, qu'il n'est plus qu'à moins d'un mètre de lui, il disparaît dans l'ombre de RéZo.

…

J'ai continué un bon moment encore mon cheminement pensif dans ce dédale organisé, désorganisé – je parle de mes pensées. Jusqu'à la forêt, que j'ai longée. Non, je n'y suis pas entré, pas cette fois. Encore plus désorganisée, trop compliquée, pour mes pensées, ce soir. Et je suis fatigué, ça y est.

J'ai donc bifurqué, et filé tout droit jusqu'à l'hôtel, endormi lui aussi, comme le reste de la ville. C'est à mon tour maintenant ; j'y ai droit, moi aussi.

Et j'ai rêvé ; et j'ai parlé dans ce rêve. Un homme se parlant à lui-même.

D'une ombre d'obsidienne, progressant dans un monde végétal, en proie à de sombres desseins. Une simple cape, de la couleur du sang coagulé, d'une coupure interne, qui jamais ne cicatrisera, jamais ne se refermera.

— Pourquoi fais-tu cela ?
— Parce que j'en ai envie.

Une myriade de flammes, exécutant leur danse sacrificielle, se reflétant dans l'iris de cet être dément, si charmant ; avant.

Tant d'étoiles.

Les étoiles du jugement dernier, celles du jour d'après.

Même la lune s'en défend, de cet acte révoltant, consternant. Elle s'en voile la face. Voile d'éther ; nuages austères.

— Pourquoi fais-tu cela ?
— Parce que j'en ai envie.

Corps tortueux, noueux, d'arbres se tordant une dernière fois, repli sur soi, pour se relever dans une tension ultime, extrême, vers le firmament, comme pour implorer un quelconque seigneur, présentement manquant, absent ; inexistant.

Et dans un dernier hurlement – crépitement – s'embrasent en d'infimes secondes, infâmes instants, pour libérer une âme noirâtre, gazeuse, alimentant le ciel en ténèbres.

— Pourquoi as-tu fait cela ?
— Parce qu'il le fallait.

Tous ces êtres, qui ont existé, des centaines d'années, qui ne sont plus, maintenant, qu'une fine poudre terne, une mince poussière, emplissant l'air d'une forte odeur de mort.

Et ce bourreau imaginaire, qui ne se retourne même pas, ne serait-ce pour admirer son œuvre, ou vérifier que l'acte a bien été exécuté.

Et cette nuit, plus noire que tout autre nuit antérieure, violée par la pointe carmin des flammes.

— Parce qu'il le fallait.

* *
*

J'ai mal dormi.

Le reflet triste de mon visage dans le café m'inspire peu. Et ce dernier m'aide à peine à émerger de la nuit.

Au bar, trois pêcheurs ont une discussion animée. D'après l'un d'eux, un type a mis le feu à une partie de la forêt cette nuit. Un petit périmètre, heureusement.

Un fou.

Il faut vraiment en avoir après la vie ou l'humanité entière pour faire une chose pareille.

L'air salin de cette ville m'irrite. Le vent aussi. Il m'agace. Et la solitude me pèse ; il n'y a personne ici.

Je rentre à Paris.

# La ville

Ces événements vécus durant le mois de juin dans le Nord m'avaient énormément perturbé. La rencontre inattendue avec cette fillette morte, pendue en haut d'une falaise, avait érodé les parois de ma raison. Il m'était encore difficile de croire que je n'avais pas rêvé cette mise en scène macabre.

Le destin m'avait fait croiser ta route, Ofeli, et cela m'avait perdu dans un gouffre de questionnement. Le sens des choses en avait été changé, d'un coup. Je me sentais fatigué comme jamais. J'étais devenu un puzzle vivant, et pas celui avec le grand ciel bleu dessus.

Chaque jour des bribes de souvenirs me revenaient, les morceaux se recollaient doucement. J'avais une vague idée seulement de qui j'étais.

L'été, à Paris, est beaucoup plus calme. Les gens qui fréquentent la capitale durant cette période sont presque supportables. Simplement heureux de voir la ville éclaboussée par un soleil complice et bienveillant.

Le soleil efface tout. Il aide à oublier.

Il y est presque parvenu, avec moi. Presque, parce que je suis revêche et qu'il est difficile d'oublier Ofeli.

Et elle ne fait rien pour cela. Elle continue de me visiter.

Bien que je l'aie très peu revue, finalement.

Le soleil aura au moins estompé le souvenir de ce mois humide et frileux ; aidé à faire sécher mes os rongés par la pluie.

Trois semaines bénéfiques, passées dans divers lieux malheureusement publics, jardins et squares de la ville, à regarder le temps passer, et surtout, surtout, à écrire. Avancer dans mon projet.

Car je suis écrivain. Enfin, écrivain, très modestement. Ecrivain pour enfants. Je fabrique des petits contes pour les petites gens. Inventions, fables et autres histoires abracadabrantes. Pour qu'ils sachent qu'il existe autre chose. D'autres mondes, d'autres peuples, d'autres événements. Leur délivrer cette information précieuse, capitale. Un message très important selon moi. L'un d'eux, peut-être, en fera de même, plus tard, dans un autre temps. Perpétuant la tradition des griots, des bardes.

Et pour mon projet en cours, il me faut aller rencontrer les fées. J'irai en Bretagne pour cela, mes modestes moyens ne me permettant pas d'aller ni en Irlande, ni en Écosse. Et parce que j'aime beaucoup la Bretagne.

L'ambiance légère de ces lieux publics, durant ces quelques semaines, m'a beaucoup aidé à travailler sur ce projet.

Du jardin du Luxembourg à celui des Tuileries ; de modestes squares méconnus, aussi.

La petite cour intérieure du Louvre est très jolie, le soir. Très peu fréquentée. J'y suis resté des heures cet été-là, à attendre que la nuit tombe. Des heures à observer les quelques promeneurs qui la traversaient.

Je crois d'ailleurs avoir fait une grande découverte, durant ces contemplations ; une sorte de révélation :

J'ai constaté que les hommes étaient les éléments d'une immense scène, et que chacun était lié à l'autre, par je ne sais quelle ficelle ou artifice. Ainsi, le moindre déplacement spatial de quiconque respirant, entraîne une réaction, une suite logique. S'effectuent alors des sortes de roulements universels, tout homme ayant un rôle à jouer, au départ. Et chaque faux pas amène une suite différente, heureuse ou malheureuse.

La grande farce cosmique.

Cette « révélation » m'a d'ailleurs contrarié : savoir que je pouvais être lié à la destinée de tous ces gens – ou inversement – m'a foncièrement dégoûté.

Mais je n'avais d'autre choix que de l'accepter. Et l'ironie du sort a voulu que cette acceptation me fasse percuter quelqu'un, tourner au bon moment, en même temps qu'une charmant personne. Une douce collision.

Une demoiselle unique, avec qui j'ai regardé un moment le temps passer. Qui m'a offert une bribe du sien, à qui j'ai donné le mien en retour. Une de ces personnes qui entre dans votre vie d'une manière subite, et qui en ressort sans prévenir. Une rencontre irréelle, à se demander même si elle a existé.

Une compréhension mutuelle, instinctive. Une réponse commune à une même demande, à un même besoin. Un accord tacite.

Un simple échange d'affection. C'est tout ce que je désirais. La serrer dans mes bras, coller mon cœur au sien, pour l'entendre vivre, et puiser une once de douceur, au rythme de ses battements.

Ainsi nous avons partagés quelques jours, au gré de bouffées d'affectivité, et quelques soirées, aussi, et quelques nuits. Puis Alicia a complètement disparu, ne laissant qu'une infime trace, presque invisible, marquée à la craie dans une cavité libre de mon esprit. Je ne l'ai plus revue, et ne me suis jamais posé de question concernant sa disparition.

Il se devait certainement d'en être ainsi.

J'eus l'infime conviction que c'était un avant-goût de mon expédition au pays des fées, et que cette charmante personne était sans nul doute une de leurs envoyées.

Il est d'ailleurs fort probable qu'Ofeli m'ait si peu visité pour cette simple raison : jalouse, elle devait me faire la tête. Elle m'est justement réapparue, le soir où Alicia n'est pas venue à notre rendez-vous intemporel et hasardeux, dans un coin de la petite cour intérieure. Alicia et moi avions coutume de nous apercevoir en ce lieu où nous nous étions rencontrés, sans vraiment fixer de moment, ni d'heure. L'incertitude de nous retrouver créait une sorte de « première fois » perpétuelle, engendrant chaque fois un ravissement savoureux de nous revoir. Ce soir-là, je ne l'attendais pas vraiment, mais l'espérais.

Une fois déjà, elle n'était pas venue. Je n'en avais pas été trop inquiété, c'était le jeu. Mais je m'étais senti alors étrangement seul.

Mais ce soir-là, lorsque j'ai enfin revu Ofeli, avec un petit air ravi, j'ai compris : je ne reverrai jamais plus Alicia.

Il se devait certainement d'en être ainsi.

J'ai continué à aller sur la place quelques jours encore, et n'y suis jamais plus retourné.

* *
*

Ici et maintenant. Dans un bar. Attablé. Appuyé contre un pan de table. Ce pan de table. L'unique élément matériel restant aux abords de ma conscience. Un morceau de quelque chose dans ma néantise cérébrale. Un bout de bois flottant dans mes limbes spirituels.

Spiritueux.

Et ce verre, succédant à plusieurs autres ; si vaillamment accroché. Si intimement liés. Un verre sur une table. Et moi sur cette table. Moi dans ce verre ; m'y reflétant, m'y déformant au gré des vibrations émises par les bruits environnants, en cercles concentriques. Sept cercles. Allant et venant. Des abysses aux abîmes, du Chaos à l'Ordre moral, de la terre au ciel, dans un mouvement irrégulier, syncopé.

L'alcool m'emmenant irrémédiablement – le diable – au sommet de l'Esprit, strate après strate, m'ouvrant chacune des portes séparant les facultés corporelles des facultés intellectuelles. Me faisant à chacune des déformations opérées, chacune des vibrations émises, à chacun des cercles conçus, monter d'une marche, d'un degré, comme autant de victoires sur ma conscience, oubliant de même l'existence de mon corps.

Je regarde mon image se modifier, se dégrader, lentement, jusqu'à ne plus me reconnaître.

…

Au dehors, le scintillement des lumières vacille au gré du pas. La nuit a totalement envahi les rues, leur léguant une atmosphère particulière, différente. Un moyen de se divertir pour certains, de se cacher pour d'autres. Une raison d'avoir peur pour quelques-uns.

Des rues emplies toutes de la même haleine moite, suffocante, presque insupportable ; irrespirable. Un air vicié. La pollution s'infiltrant par masse dans le corps de chacun. « Une chance qu'il fasse bon ce soir », disent certains.

Une chance qu'il fasse nuit. Et que l'on ne voit rien.

Des rues à l'aspect familier, sans pour autant rester identiques à ce qu'en garde la mémoire. À ce qu'elle veut en garder, plutôt. Des rues familières, parce que toutes les rues ont des choses en commun.

Des gens sans visage. Des passants qui passent.
Une femme qui déambule.
Pourquoi elle ? Pourquoi ce choix ? Victime du hasard. Triste victime. Les victimes sont, de toutes façons, toujours tristes ; parfois innocentes.
— Mais quel est ce bruit ?
Un vrombissement dans les airs. Une sonorité sourde.
Une déchirure dans l'espace ; dans un espace donné. Le sien. Un léger trait pour commencer. Une coupure pour continuer. Déchirure, finalité, fatalité.
Il y a deux flashs ; le sourire d'une lame. Et le temps d'une longue seconde, elle prend conscience qu'elle est morte.
Lame. Voile noir. Sang.
Elle ne pousse pas un cri, pas même un râle. À peine un souffle froid s'échappe-t-il de sa bouche, comme une âme fuyante. Elle percute le sol délicatement ; y jonche maintenant, attendant que son cœur se remette à battre, se remémorant cette phrase entendue la seconde d'avant, à peine perceptible, et qu'alors elle n'avait pas compris.
— Ce ne sera pas long.
Alors, comme pour avertir l'humanité toute entière, elle chuchote dans un dernier souffle :
— Oh ! si, c'est long... Tellement long.

Pourquoi le sang est-il toujours lié à Lame ? Sont-ils dépendants l'un de l'autre ?

Est-ce pour la vision du sang, qu'il entaille ? Ou plutôt pour le son que fait son couperet lorsqu'il rencontre l'obstacle du vide, puis de la peau ?

Ou bien encore est-ce à l'idée qu'il se fait du cisaillement d'un corps ? Nourrir son imagination avide de coupures, de déchirures. Laisser ses pensées se focaliser sur la vision de ces traits s'ouvrant, ces trous béants, laissant s'écouler des flots de sang.

Ces éléments sont diamétralement dépendants. Il est incontestable que le nom de Lame rime avec vent, cisaillement et sang. L'un étant la résultante de l'autre, les quatre étant soudés dans une ellipse parfaite.

Peut-être aussi est-ce ce sentiment divin de pouvoir décider, d'ordonner ? Faire sonner le glas, tel le juste rendant sa sentence. Décider du bien et du mal, et revêtir les habits de la mort elle-même.

L'air lui-même crie lorsqu'il rencontre sa lame.

Et cette sombre fatalité, qui fait que chacune de ses victimes n'entrevoit Lame qu'à l'instant de la sentence, lorsque le tranchant de son arme, son prolongement corporel, la caresse, l'effleure et la pénètre enfin ? Brèche entre le moment du désir et l'acte de tuer.

Car oui, son géniteur a fait que celui-ci n'apparaît à ses victimes qu'à l'accomplissement de son acte, précédé de ce vrombissement agaçant. Et s'il veut être vu, donc exister, il doit tuer.

Or une fois son acte accompli, Lame regrette presque immédiatement. Il ressent la honte. D'avoir tué, d'avoir été vu, d'avoir existé. Voler la vie des gens, la violer, n'être que par le regard des autres, voilà une destinée bien pitoyable. Et Lame n'a pas fini de payer.

…

Ici, dans ce bar. Attablé, appuyé contre ce pan de table. En passe d'ouvrir la dernière porte, en passe de boire mon dernier verre.

Ma progression intérieure est interrompue par les cris des gens qui m'entourent. M'arrachant à mes bribes d'irréalité, lambeaux d'éternité. Je chute de milliers d'étages, les portes se referment une à une. Je me réveille dans un monde. Le monde. Reprenant peu à peu conscience de mon corps, mes membres, mes sens.

Le goût amer de l'alcool, le contact froid du verre, l'odeur acerbe de ce lieu, chargée de nicotine et de futilité, la vie de ces gens qui crient ; les cris de ces gens qui voient…

Qui voient quoi, d'ailleurs ?

Tous les regards sont fixés dans une même direction : l'extérieur, la nuit, une zone plongée dans l'ombre, à quelques mètres du bar.

M'extirpant difficilement des derniers monceaux de pensées qui m'habitaient, tournant la dernière clef derrière moi, je reprends doucement le contrôle de mes facultés corporelles.

Je me lève en chancelant et me fraie un chemin parmi tous ces gens surpris, effrayés, dégoûtés, choqués, afin d'être moi aussi de la fête, connaître la raison de cette agitation ; avoir moi aussi ma part de peur, qui me fait défaut trop souvent.

Et au milieu de tous ces êtres noctambules aux destinées disparates, se croisant aujourd'hui devant un même fait – un fait divers, si la diversité des choses me permet de m'exprimer ainsi – une femme est étendue sur le sol, inerte. Les yeux tournés vers le ciel, elle semble s'adresser à quelqu'un, certainement inexistant. Son cou est entaillé, fente déjà pleine ; quelqu'un a visiblement tenté de lui trancher la tête.

— Comment est-ce possible, à cette heure-ci, ici ? me dis-je en même temps qu'une personne devant moi.

— Comment est-ce possible, à notre époque ? rectifie une jeune fille au teint pâle, juste à côté, qui capte immédiatement mon attention.

Elle a les traits délicieusement fins, une vingtaine d'années à tout casser. C'est un petit ange des rues, une jolie demoiselle sortie le soir pour s'amuser avec ses amis.

Elle regarde le cadavre allongé sur les pavés poisseux avec une insistance déconcertante, comme si elle voulait défier la mort elle-même.

Les secours arrivés, la place nettoyée, les gens ont repris lentement leur errance nocturne. Et moi, je commence la mienne, au gré des rues, au gré de mon ivresse, d'un pas léger et incertain, oubliant chaque seconde écoulée, avec le but néanmoins d'arriver chez moi un jour.

C'est étrange comme l'alcool, à un certain degré, ne vous fait vivre que l'instant présent. Le passé est inexistant, juste une petite pensée d'un futur très proche : rentrer pour dormir.

L'idée de cette femme morte m'a presque déjà quitté. Et chaque fois qu'elle traverse encore mon esprit, furtivement, cela m'amuse, d'imaginer son regard, implorant le ciel de la sauver.

La pauvre, si elle avait su plus tôt, qu'il n'existe personne d'autre, qui ait de pouvoir plus grand que le sien.

* *
*

Parmi la foule amassée autour du corps de cette femme morte, près de ce bar, il y a quelqu'un qui observe et qui attend. Une grande ombre noire agitée de tics et de spasmes nerveux. RéZo ne l'a pas vue. Peut-être aurait-il été surpris, effrayé même, de voir ce personnage si proche de lui ; si lointain, aussi.

Alors que certains reprennent leur promenade d'un pas mal assuré maintenant, que d'autres terminent leur verre d'un ton moins amusé, lui il suit, il épie, il guette.

Il observe et il attend.

Un groupe de jeunes gens, sortis ce soir pour s'amuser entre amis. Car il sent. Et il sait qu'il ne se trompe pas. La proie est là.

Après quelques rues, les derniers mots échangés, le groupe se sépare. Chacun prend un chemin.

Alors il suit une jeune fille parmi ce groupe.

Celle qu'il a choisi.

Une jeune fille au teint pâle, aux traits fins, d'une vingtaine d'année. Un petit ange des rues, une jolie demoiselle. Et il a besoin d'elle.

NevroZ est un personnage instable mentalement, en proie à un déséquilibre constant, latent. Un grand garçon dégingandé en apparence, un être disloqué à l'intérieur, pitoyable. Et il cherche sa stabilité dans l'âme des gens, en aspirant leur dernier souffle, en empruntant leur dernier « état d'âme ».

Il procède à un échange, en fait : il fait don de son propre « état d'âme », afin de prendre celui des gens.

Malheureusement, les gens ont peur de lui. Et l'état de peur n'est pas celui qu'il lui plairait de trouver. Il est las de toutes ces peurs, qu'il accumule, qui débordent en lui. Alors il donne la peur, ou la haine parfois. Il est obligé, il en est empli ; les autres n'ont rien d'autres à lui offrir.

Et ce n'est pas ce qu'il recherche. Non, lui, ce qu'il voudrait connaître, c'est l'instant de plénitude, de bien-être, et surtout, la personne qui saurait le lui faire partager.

Et peut-être cette fille possède-t-elle cette si grande convoitise ? Alors, il la suit, attendant le bon moment pour le lui demander. Mais déjà, la proie s'est aperçu qu'on la suivait. Déjà la peur s'empare de ses jambes, qui la portent de moins en moins ; puis de son corps entier. Son pas s'accélère, le tremblement nerveux de ses lèvres, aussi. La peur va crescendo, laissant progressivement place à l'effroi, qui s'infiltre par violentes saccades, par les pores de sa peau, par les fibres de ses muscles, entaille les os. L'angoisse prend possession de l'esprit.

Et la rue reste désespérément vide. Personne à appeler, personne pour la rassurer, dans cet instant d'épouvante. Il n'y que ce type, agité de tremblements, autant effrayé qu'elle en vérité.

La jeune femme ne sait même pas ce qui se trame, ne se doute aucunement des intentions de NevroZ, mais la peur l'a envahie.

Il a déjà donné son dû, et n'a plus qu'à prendre, maintenant, ce qu'on lui doit.

Le petit ange des rues se bloque contre un mur. Le jeune homme s'avance vers elle, doucement, sans aucune once de haine ni de méchanceté. Seulement la peur, qui pénètre en lui progressivement, celle qui s'échappe de la demoiselle. Il prend le doux visage entre ses mains tremblantes, et la regarde d'un air triste et désolé. Il semble s'excuser. Alors, il dépose ses lèvres sur les lèvres, y aspirant ce qu'il peut trouver. Ses yeux s'écartent à l'extrême, l'iris se dilate, explose. Les larmes montent, salées, désagréables, emplissent l'orbite, obstruent la vue. Toutes ces peurs, ces phobies, qui s'échangent, s'inversent, dans un tourbillon de sens, une ronde de sensations insupportables, une succession de visions épouvantables, trop dures à assumer.

Il souffre, mais il a l'habitude, il sait. Elle, elle n'était pas préparée ; son esprit ne savait pas, ne se doutait pas. Toutes ces choses qui peuvent résider dans un cerveau ; enfouies, cachées.

Que l'on s'évertue à toujours noyer, à enterrer. Toutes ces choses honteuses, qui resurgissent subitement du néant. Toutes ces peurs de tous ces gens ; c'est trop d'un seul coup, trop violent.

La jeune femme glisse le long du mur, sous le poids de ces percées d'horreur.

Une horde de fantômes l'a assaillie. Elle ne reviendra jamais à la normale, pourchassée éternellement par ces angoisses ; les siennes, maintenant.

Elle n'a pas su lui donner ce qu'il cherchait.

Alors il s'en va. Il disparaît, chargé d'un mal-être plus grand encore, pour continuer sa quête de sérénité.

Laissant derrière lui un petit ange perdu.

Voilà. Tous les personnages-clefs ont fait leur entrée.
L'histoire peut commencer.

# L'appartement

*« Dans le domaine de l'inconscient de mon esprit, j'entends hurler le loup. Le conscient est parmi nous.*
*Ami loup, n'entends-tu point ma plainte ?*
*Une pointe acérée, aiguisée. Dans le cortex. Touchant un point, un nerf. Naissant de cette nef, un vortex, tourbillon de sens.*
*Un non-sens. Une malchance.*
*La bienveillance.*
*Veille sur nous, ami loup, ou nous nous dévorerons tous. »*

Le temps d'arriver chez moi, l'effet de l'alcool s'est fortement dissipé, laissant place à la fatigue. Une sensation au-delà de l'ivresse au point où j'en suis arrivé.

Cela fait trois jours que je ne dors pas. Trois jours que je repousse le moment évident du sommeil. Une nécessité. Mon unique chance de salut. Trois jours à traîner dans les rues, à écumer les bars. Trois jours à m'empêcher de dormir.

Je ne dois pas. En aucun cas. Parce qu'il est là.

Il est revenu.

Et il me suit ; je le sens. Il attend ; patiemment. Que je m'endorme ; que je succombe.

Et je suis tellement fatigué.

Je passe difficilement l'épreuve des escaliers. Sept étages que mes jambes gravissent avec difficulté. La rampe est là, heureusement pour moi.

Arrivé dans mon appartement, j'ai peur. Comme lorsque j'étais enfant. Car il sait que c'est ici qu'il peut me trouver. Et je sais qu'il va venir. Venir roder, comme ces derniers soirs. Me sentir. Humer ma peur, mon angoisse. Il s'en délecte.

Je pose nerveusement ma veste sur le fauteuil, et déjà, je me sens nu, privé de ma carapace. À sa merci.

Un courant d'air froid s'infiltre dans la pièce. La pièce qui me paraît subitement trop petite, trop étriquée pour lui échapper. Je m'efforce de ne pas y penser.

Je décide de me préparer une bonne dose de café, afin de tenir toute la nuit.

Et je m'installe à mon bureau, pour préparer mon voyage en Bretagne, poser mes jalons ; tracer un itinéraire possible, recueillir le peu d'informations que j'ai sur les fées. Afin, surtout, de l'oublier, lui.

Les cafés se succèdent au rythme des heures. Les yeux me tirent de plus en plus. Le froid s'infiltre, s'installe, se love dans chaque recoin de la pièce. Un froid atypique. Je passe un pull ; cocasse pour un mois de juillet. Mais je ne m'en étonne pas.

J'allume une cigarette ; la dernière.

La lampe halogène grésille un instant ; son intensité lumineuse baisse subitement. Mais peut-être mes yeux me jouent-ils des tours ?

Je vérifie plusieurs fois mes notes. Trop de fois. Mon esprit ne suit plus, n'enregistre plus ; trop engourdi. Les mots se brouillent, les lettres se superposent devant moi. Je n'y tiens plus. Il faut que je m'allonge. Laisser mes muscles se relâcher, rien qu'un tout petit peu. Que mon cerveau s'arrête de fonctionner un moment, un tout petit moment. Que mes yeux s'arrachent à ma vision, se cachent de cette lumière trop forte. Que mes paupières se relâchent, s'abandonnent, et cessent un moment cet effort constant, cette lutte contre l'attraction.

Je parviens à ma chambre et m'allonge sur le lit, juste pour un instant ; tellement bon, tellement doux, tellement moelleux. Mes doigts parviennent à peine à l'interrupteur de la lampe.

Alors, il fait noir. Complètement noir. Et j'ai sommeil. Tellement sommeil.

Là, j'ai sombré. Aspiré par la mécanique du temps. Un mécanisme complexe et minutieux, voué aux lois du hasard. Une sensation de chute étourdissante, enivrante ; un écrasement.

Le temps s'est décroché. S'est tendu. S'est étendu. Toute perte de notion de la réalité. Quelle réalité ?... Celle des autres ?

Le temps s'est arraché. S'est contracté. S'est concentré. En une partie infime. Un moment. Cet instant.

Instable, il s'est à nouveau dilaté, comme le va-et-vient de la robe d'une méduse ; il m'a aspiré, m'a emporté, en ce même endroit, mais autre part, un autre moment, ce même instant, différent ; ostensiblement.

Je pars et reviens, accroché à l'une des médianes du temps, que je parcours de part en part, pour me perdre à jamais ; ici, dans ce lieu que je croyais connaître si bien.

Mon esprit…

…

Un courant d'air ; un souffle. J'ouvre les yeux : le noir profond s'étale, partout autour. Mon cerveau est immergé dans une nappe de chloroforme.

Il ne m'en faut pas plus.

Déjà, je sais qu'il est là.

Je le sens.

Il me regarde, debout, devant moi. Je ne le vois pas, mais je peux sentir son souffle. Je peux entendre sa respiration inégale, imaginer sa silhouette se découper dans la pénombre. Je perçois jusqu'à son regard posé sur moi, immuable, froid, transperçant les ténèbres. Me transperçant moi, de part en part.

La température de mon corps monte subitement, atteignant un paroxysme. Mes vêtements me collent à la peau. La sueur ruisselle dans mes yeux, les brûle, me torture. Ma rétine est sur le point d'exploser ; se fixe droit devant, sur cette forme noire que je suppose. Une masse noire et malsaine, terrible et inhumaine.

Il ne faut pas que je bouge.

Il ne faut surtout pas que je bouge.

Ne serait-ce que le plus petit doigt. Battre des paupières un minimum, et le plus lentement possible. Respirer de manière inaudible, en évitant que les lèvres soient trop près l'une de l'autre, afin que le peu d'air échappé ou inhalé n'émette de sifflement. Avaler ma salive – alors pâteuse et brûlante – calmement, sans que la déglutition ne fasse remuer ma tête, qui frotterait alors sur l'oreiller.

Surtout ne pas bouger ; ne faire aucun bruit.

Mais l'attente devient insupportable. Mon obsession qui était de ne pas remuer le moindre muscle, se change ; une autre idée s'installe.

Et mon esprit se focalise, maintenant, sur la lumière. Il faut que j'allume la lampe. Pour faire cesser tout cela. Cette angoisse, cette chaleur, cette attente.

Mais je ne peux pas, je n'y parviens pas. La peur de bouger, de faire du bruit. Ce qui lui confirmerait que je suis bien là, éveillé, à sa merci. Je suis paralysé. Il faut que j'allume cette putain de lampe.

Je fais glisser mon bras le long du drap, lentement, très lentement, jusqu'à atteindre la table de chevet. Là, je remonte tout doucement la main, jusqu'à la base. Je frôle quelque chose. Un livre, qui tombe dans un fracas de flocons de neige. Je me fige. Mon cœur se bloque un instant, pour se remettre en marche immédiatement, mais différemment. Il ne fonctionne plus pareil. Il bat plus vite, et surtout beaucoup plus fort. Me martèle la poitrine, fait vibrer ma cage thoracique.

Chacune de ses vibrations retentit dans mon cerveau, fait écho, m'assourdit. Je n'entends plus que ça.

Et lui, il sourit. Il se moque de moi. Il rit de mon état.

Cela suffit, stoppons ce jeu sadique. Je m'empare de l'interrupteur, comme c'eût été une arme ; ma défense, en tout cas. La pièce s'allume en un éclair ; le temps nécessaire pour lui.

Il n'y a personne. Seulement le vide.

Était-il bien là, devant moi, comme j'ai pu le voir, certain de ne pas rêver ?

Je reste un moment assis au bord de mon lit, à essayer de reprendre mes esprits, adapter progressivement mes yeux à la lumière trop forte, et surtout calmer le tremblement nerveux de mes membres.

Lorsqu'enfin je me lève, mes jambes me portent difficilement. J'ouvre la fenêtre, car il fait bien trop chaud, maintenant. L'appartement semble empli d'une température surnaturelle, proche de celle de mon corps. Je vais à la cuisine, me verse un grand verre d'eau fraîche, que je bois lentement afin de ne pas faire éclater mon larynx, disloquer mes cordes vocales ; choc thermique. J'en profite pour m'asperger le visage.

Je me sens mieux, physiquement. Mais mes nerfs sont tendus à l'extrême, malgré la fatigue. Je les sens frotter le long de mes os, grincer. Des frissons parcourent mon corps de bas en haut. Mes mains tremblent encore légèrement, mais ça, il se peut que ce soit la fatigue.

Je vais à la fenêtre, profiter du courant d'air, profiter de la vue, m'apaiser, ne plus penser.

Ne plus penser ; cela est-il seulement possible ?

La vision de la nuit qui s'étend, devant, enveloppant la ville, les bâtisses, les appartements, me rassure, me fait du bien. Immense couverture, douillette et protectrice. Et tous ces gens, dans toutes ces demeures, qui dorment certainement à cette heure. Je leur vole en pensée un petit morceau de leur sommeil, à chacun ; ils ne s'en rendront sûrement pas compte.

Un bruit.

Il y a un bruit.

À cette heure-ci ?

Une sorte de grattement à la porte. Et un chuchotement.

Arraché ainsi au vol nocturne de tous ces rêves taciturnes, la chute se fait des plus fracassantes. Mon cœur se remet à dérailler. À se bloquer. À s'emballer. Ma tête commence à bourdonner. La peur m'assaille de nouveau, s'empare de moi et perfore ma peau.

Je m'avance vers la porte, sans bruit, et pose un œil sur le judas, petite fenêtre sur un monde déformé ; peut-être le vrai.

Il y a un homme. Derrière la porte.

Déformé, comme le Monde de Derrière, le rictus de son sourire est figé, incurvé et pointu. Ses lèvres sont fines comme la lame d'un couteau. Ses sourcils sont de la même espèce ; minces et aigus, piquants. Un regard perçant, dérangeant, provoquant. Un regard amusé, et satisfait. Parce qu'il sait, l'effroi qu'il provoque, l'angoisse qui se loge et qui se répand, partout. Une angoisse que je n'avais pas retrouvée depuis des années, lorsque j'étais encore enfant. J'avais cru alors que jamais je ne le reverrai, qu'il m'avait oublié. Mais il est là, de nouveau. Et il ne me laissera pas.

Et l'effroi s'est totalement emparé de moi.

Il est là ; une simple cloison nous séparant. Le Croque-Mitaine de mon enfance. Il me fixe, de cet air réjoui et menaçant. Il m'a retrouvé. Il sait que je suis derrière, à l'épier. Et son image, altérée par l'effet du judas, remue tous mes organes, me donne envie de vomir.

Pourtant, je reste là, accroché à la porte, paralysé, l'œil collé au judas. L'œil exposé à ce danger. Unique lien entre mon monde, et son monde de déformations.

Ses mains, que je ne voyais pas encore, renferment chacune un objet. Un marteau et un piolet. Deux outils, qui ne sont pas des outils, dans ses mains. Des armes. Des instruments de douleur, de souffrance.

Je ne comprends pas tout de suite ce qu'il fait. Tout ce que je sais, c'est que j'ai peur. Que l'estomac me fait mal. Puis subitement, je ne vois plus. L'orifice du judas n'est plus qu'un trou noir, où la lumière ne passe plus. Je devrais être soulagé de ne plus le voir. Mais à cet instant je comprends.

Mais je comprends trop tard. Et je n'ai pas le temps de l'éviter. Ni la force. Ni l'envie.

Le petit morceau de verre qu'est le judas, éclate. Quelque chose touche mon œil ; une pointe froide, métallique. Je la sens s'y insérer, s'y enfoncer. La fragile surface de ma rétine cède. Je ne ressens même pas de douleur. Juste la peur, que ça s'arrête là. Mais l'avancée continue. Lentement, la progression s'effectue. Dans mon orbite. Puis déchire les minces parois de ma boîte crânienne, s'enfonce dans la matière molle de mon cerveau.

Le lien entre son monde de déformations et le mien est fait, à présent.

Et étrangement, je n'ai plus peur.

...

Je me réveille en sueur. Les yeux me piquent abominablement. Cette peur, cette fatigue que je cultive depuis trois jours. Et puis la sueur.

Un mauvais rêve ; c'était juste un mauvais rêve.

Je me lève pour aller boire un grand verre d'eau. J'ouvre la fenêtre, car il fait bien trop chaud. Je cherche machinalement une cigarette. Il n'y a plus de cigarettes.

Je passe de l'eau sur mon visage.

Il y a un bruit, un grattement à la porte.

Mon cœur se serre.

Je vais à l'entrée, sans un bruit, et je mets l'œil au judas, bien que j'aie horriblement peur d'y voir ce que je ne veux pas voir. Il n'y a personne. Et c'est encore pire, plus angoissant.

Et le grattement continue.

J'ouvre la porte violemment.

Un chat.

Ce n'est qu'un chat, qui se joue de moi. Je n'aime pas les chats. Je lui assène un coup de pied dans le flanc, qui le fait chanceler. Il me griffe le pied, miaule rageusement, et déguerpit dans les escaliers. Je le maudis en pensée, et vais me recoucher.

Et je tombe à nouveau, dans un sommeil profond.

# Le train

Cette nuit m'a semblé durer une éternité. Une nuit sans fin dont j'ai cru que je ne sortirai jamais.

Et elle fut pourtant trop courte pour subvenir à mon si grand besoin de sommeil. Le mal s'amplifie à mesure que les jours passent ; et la peur, aussi.

Je pars en Bretagne aujourd'hui, c'est décidé. L'atmosphère de Paris commence à m'oppresser, à me peser. Et Alicia n'est plus là.

Pour fuir, surtout, je dois bien me l'avouer.

Je prends un grand petit déjeuner, que d'autres appelleraient un déjeuner tout court, vu l'heure.

Une douche, un rasage de près. Je réunis quelques affaires dans un sac, et je pars…

Montparnasse. La gare fourmille de gens. Trop de gens. Des gens pressés, d'autres anxieux. Des gens qui courent, d'autres qui attendent. Les multiples paradoxes des gares : énormément de monde, mais personne ne prête attention à personne. Le stress y affronte la tranquillité, l'impatience y côtoie l'anxiété.

Mon train est à 16h43. J'ai le temps d'aller boire un café. J'achète un journal.

Là j'ai l'étrange impression d'être suivi. Et c'est une impression qui me tient depuis quelques jours. Ofeli peut-être ? Je ne me retourne pas – je ne me retourne jamais – mais je décide de rester sur mes gardes.

Ofeli… Cela fait combien de temps que je ne t'ai pas vue ? Aurais-tu décidé de quitter ma vie pour toujours, m'abandonner ?

Me libérer ?

Tu me manques, je dois l'avouer. Je me sens seul sans toi, tu sais.

Je prends conscience de l'étrangeté de ce sentiment. De ce manque que je ressens pour une petite fille que je n'ai pas connue de son vivant.

Je manque finalement de peu le départ du train, qui part à peine me suis-je installé à ma place, au milieu de gens qui parlent trop fort déjà.

Alors, je laisse derrière moi celle que l'on appelle « la ville lumière », capitale de mon monde actuel, pour me retrouver, là-bas, au pays des fées ; et te retrouver, peut-être, toi…

\* \*

\*

J'aime prendre le train sans but précis, sans vraiment savoir où je vais ; ne pas connaître la nature exacte de ma destination.

Un lieu inconnu ; chargé d'espoirs, de mystères.

Alors, je me sens bien en ces instants. Comme libre, du simple fait de ne pas savoir ce qui m'attend à l'arrivée.

Leur pays.

Je crois en les fées.

J'ai pris avec moi mon appareil photo, un carnet pour les notes, un autre pour des croquis, et un petit magnétophone aussi ; sait-on jamais.

Et le temps passé dans le train n'est pas un temps perdu, bien au contraire. Un gain de temps, sur soi-même. Être ainsi contraint à l'inactivité physique durant un temps donné oblige à la quiétude, impose la sérénité dans la réflexion. L'on se permet alors de prendre le temps de penser, de faire le point sur les choses qui nous constituent. Une sorte d'introspection furtive, un bilan. Car inconsciemment, ce type de voyage s'effectue souvent à des moments charnières de la vie ; un besoin de changement. Peut-être est-ce pour cela que je vais là-bas, moi aussi. Afin de changer d'air, rencontrer d'autres gens, d'autres sentiments.

J'ai été déçu par les gens, il y longtemps maintenant, « là-bas », que j'appelais alors « chez moi », avant. Déçu, et lassé, très certainement. Car les gens sont méchants. Ils n'ont pas de sentiment. Ou trop peu, qu'ils ne gardent que pour eux ; allez savoir pourquoi. Quel intérêt, de ne garder tout cela que pour soit, précieusement, comme s'il s'agissait d'un trésor. Ils conservent tout en eux, et ne font pourtant que parler d'eux. Les autres ne les intéressent pas. Je ne fais plus confiance aux gens, plus maintenant. La confiance ne se donne pas ; c'est un mot qui n'existe pas. Totalement inventé, pour faire plus vrai, rendre à l'humanité un cachet de vérité, un semblant de sincérité.

La tromperie, elle, est concrète. Blessante ; acérée. Un véritable poison. Qui peut se vanter d'avoir passé une vie sans avoir été trompé, même par son plus précieux ami ?

J'ai connu des gens, que je qualifiais en ce temps d'amis. Quel mot ! Je ne l'utilise plus. Ces gens m'ont déçu ; m'ont trompé. Alors ils ont disparu ; je ne les ai plus jamais revus.

Morts à mon esprit, mes amis n'existent plus.

Alors, je garde mes sentiments pour moi, et ne les partage plus. Ils sont devenus mon oxygène. Ils s'entassent et s'enroulent autour de moi. M'étouffant lentement. Se lovant dans chaque recoin de mon corps. Chaque parcelle de ma peau étant un bout de sentiment, de sensation à vif, me brûlant dès qu'on l'effleure. Un écorché vif. Et je n'écoute plus parler les gens, d'eux et encore d'eux ; je ne peux plus.

Alors j'oublie. Enfin, j'essaie d'oublier ; les moments passés. À force, un mur s'est créé, entre moi présentement, et l'antérieur. La mémoire s'étiole. Elle me quitte, sournoisement. Je ne sais plus, ne me souviens plus. Chaque veille se noie quelque part dans ma tête, disparait ; presque inconsciemment maintenant. Un réflexe conditionné.

Pourtant, parfois des bribes me reviennent à l'esprit, malgré les efforts de mon inconscient. Des souvenirs étranges et inquiétants. Quelques images, quelques sons. Rien de très précis. Des visages et des cris. De je ne sais qui, je ne sais quand.

Ces images, ces sons, m'assaillent de plus en plus souvent. Ils surgissent de nulle part, en éclairs furtifs, m'aveuglent et m'assourdissent, un bref instant.

Puis ils repartent presque aussitôt, semant le trouble, me laissant dans une incompréhension profonde.

Et ces « crises » surgissent à tout moment, dans n'importe quel lieu. Les images m'apparaissant de plus en plus précisément, et s'installent de plus en plus longtemps. Un mécanisme aléatoire, agissant sur ma mémoire. Certaines de ces images, du moins ce que j'en décrypte, sont le reflet même de l'effroi, de la peur, de l'horreur.

C'est un fait très singulier, car ces morceaux de souvenirs ne m'appartiennent pas. Je ne me rappelle aucun de ces faits, ni de ces visages d'inconnus qui viennent heurter mon subconscient, souvent de manière violente.

Un autre fait vient s'ajouter, troublant lui aussi : parmi toutes ces images, ces ersatz de souvenirs, des images d'une autre espèce se faufilent ; se mêlent et s'entremêlent à ces entrelacs de souvenirs inconnus. L'esquisse de différentes figures, d'êtres qui essayeraient de s'imposer à mon esprit, qui tenteraient de s'y installer. Ils me chuchotent des choses, en hurlent d'autres.

Des voix, dans ma tête. Une véritable cacophonie parfois.

Pas des illusions, non. Une réalité, une certitude. Et ces êtres singuliers me paraissent familiers, comme s'ils avaient avec moi une sorte de lien fraternel. Des « frères » qui ne me voudraient aucun mal, bien au contraire. Mais pourquoi tenteraient-ils de s'installer en force dans ma tête alors, me causant chaque fois un mal cérébral plus grand, des migraines épouvantables ?

Le train ralentit, s'immobilise progressivement. Je jette un œil au dehors : nous sommes arrêtés au beau milieu de nulle part, dans un paysage de campagne, avec seulement du vert autour. Une voix dans le haut-parleur du train signale que le voyage s'interrompt quelques instants. J'apprends par un contrôleur qu'un homme s'est suicidé en se jetant sur la voie.

Un lieu idéal pour mettre un terme à tout ; ici, au milieu de rien. Provocant néanmoins l'indignation de tous.

— N'aurait-il pas pu choisir un autre endroit pour faire ça ? s'enquiert une vieille femme, au visage sévère, visiblement impatiente d'atteindre sa destination.

Oui, il aurait pu, vraisemblablement. Il aurait pu choisir de mourir loin de tout, loin de tous. C'est ce qu'il a fait. Mais ici, précisément, il savait sans doute que cette fin toucherait au moins quelques personnes, par obligation. Un point, sur une ligne traversant un désert vert.

Mais les gens – plus précisément les passagers, dans le cas présent – ne veulent pas voir tout ceci, il se voilent la face. Certains expriment le dégoût, d'autres l'indifférence, l'impatience. Rien n'affecte les gens, excepté ce qui les concerne. Pourtant, la mort nous concerne tous. C'est peut-être la peur de cette vérité, qui les fait agir ainsi. Ne surtout pas penser qu'elle existe. La mort. Oublier le plus souvent possible. Le moindre élément pouvant rappeler cette alternative doit être écarté, enfoui au plus profond.

J'ai une forme de respect pour cet homme qui a choisi. Bien que survivre soit une entreprise des plus difficiles, rares sont ceux qui choisissent que cela cesse, et préfèrent ainsi rompre avec cette logique implacable qu'est la vie. Choisir.

Il faut aussi faire preuve d'un immense égoïsme, en laissant derrière soit des proches qui souffriront votre absence toute leur vie.

Soudain, en plein milieu de ma divagation teintée de morale, des images surgissent, butent contre mon cerveau. Tentent de se frayer un chemin dans la nappe confuse de mes pensées. L'une d'entre elles, plus forte que les autres, vrille, tourne, percute l'écran opaque de ma mémoire ; s'installe, un bref instant, puis repart dans le néant. Mais reste ancrée un plus long moment.

La vision d'une jeune fille au visage d'ange, au teint pâle et aux traits fins, agitée de spasmes convulsifs, les yeux exorbités par la peur, de quelque chose, de quelqu'un. Un visage inconnu, et pourtant présent dans mon esprit. Une image subliminale, s'imprimant sur ma rétine. Un flash visuel perçant, violent et incisif, me piquant, s'insinuant profondément. Souvenir que je ne connais pas, qui ne m'appartient pas.

J'ai une courte sensation de nausée.

Le train se remet doucement en marche, par saccades, soufflant et gémissant, provoquant la satisfaction générale. Sur les rails, des agents de service évacuent les derniers morceaux du corps déchiqueté, lambeaux de corps et de vêtements mêlés.

Les gens détournent la tête, évidemment. Seul un petit enfant semble prendre plaisir à la vue de ce spectacle. Et il a certainement raison. Pouvoir contempler pareil tableau n'est pas chose habituelle. Cet acte aura au moins diverti une personne.

Un exemple ? Exemple d'une des solutions possibles.

L'incident aura tout de même duré un long moment, et lorsque le train me dépose à destination, la nuit commence à tomber.

Et c'est là que mes problèmes commencent.

\* \*

\*

Un flash. Vent – cisaillement – sang. Et la vieille dame n'est plus. Plus qu'un corps inerte, occupant les toilettes un trop long moment, au grand mécontentement des gens.

L'impatience peut parfois être punie sévèrement.

# Les ombres

Il me faut alors marcher longtemps, après avoir suivi les instructions sur le plan, puis prendre un bus, pour atteindre ma vraie destination.

Quand j'ai enfin atteint Carnac, la nuit est totalement installée. La ville n'est pas vraiment typique, mais jolie.

Je parviens à me guider jusqu'au gîte, choisi lors de mes préparatifs pour son prix attractif. Je m'excuse de mon arrivée tardive auprès de la jeune fille qui apparait en chaussons. Elle me prie de bien vouloir l'attendre un petit instant pour vérification. Elle s'éclipse quelques minutes, pour revenir avec un charmant sourire et des tennis au pieds. Elle m'invite à la suivre deux rues plus loin.

— La chambre est située dans une petite cour un peu plus loin. Elle jouxte une autre chambre identique. Ce sont deux petites pièces que nous avons aménagées il y a peu. Vous verrez, vous y serez bien. La personne qui loge à côté est un homme un peu bizarre, mais c'est quelqu'un de très calme. Il y a un mois déjà qu'il occupe la chambre. Et ma foi, tant qu'il ne nous pose pas de problème…

Elle me laisse deviner la fin de sa phrase avec un nouveau sourire, auquel je ne peux m'empêcher de répondre.

Effectivement : lorsque nous pénétrons dans la cour, une ombre se découpe très nettement derrière l'une des fenêtres. Une moitié d'ombre, plutôt, l'autre moitié étant cachée par le rideau. L'homme semble guetter quelque chose. Il paraît même surveiller notre venue. Mais lorsque nous arrivons à quelques mètres, le rideau retombe, dissimulant ce semblant de mystère naissant. Pas pour longtemps, j'en ai l'intime conviction.

La jeune fille interrompt la cavalcade de pensées qui s'animent déjà dans mon cerveau, toutes focalisées sur ce fait, sur cet homme, que je n'aime pas, assurément.

— Voilà, c'est cette chambre-ci, j'espère qu'elle vous plaira.

La porte s'ouvre sur un intérieur charmant, décoré avec goût.

— Il faudrait être difficile pour ne pas aimer, lui dis-je avec un sourire. C'est ravissant.

La jeune fille, apparemment satisfaite de ma réaction, me tend une clef sur laquelle est accroché un petit soleil qui tire la langue.

— Voilà votre clef. Pour information, le petit déjeuner est servi tous les jours, dans l'autre bâtiment, jusqu'à neuf heures.

Bon séjour !

Je la regarde alors s'éloigner, un instant songeur devant la finesse de cette silhouette, et l'éclat qu'elle renvoie.

\*　\*

\*

Lorsque je ressors de ma chambre pour aller manger, la nuit est profonde, le ciel rempli d'étoiles. Je suis face au cosmos. Paris « ville lumière » en est privée tout au long de l'année, de ces cieux étoilés, ne puis-je m'empêcher de penser. Aussi, j'apprécie grandement.

J'ai très faim. De crêpes, évidemment, nous sommes en Bretagne. Et j'aime toujours autant les crêpes. Sur la place de la vieille église, il y a deux crêperies. Je choisis l'une d'entre elles, celle qui m'attire le plus ; mais peut-être ai-je tort. L'autre est peut-être mieux. Et je ne le saurai jamais.

Je m'installe à la terrasse, parce qu'il fait trop bon pour s'enfermer, et parce que je préfère les lieux ouverts, j'y suis moi-même plus ouvert, sur le monde, sur mon monde.

Le lieu me ramène forcément à une autre place, un autre moment. Une autre contrée, là-bas. Un autre endroit, similaire ; différent pourtant. Et forcément, un visage resurgit de ma mémoire, lié à cet endroit. Celui de la jeune serveuse, dans ce restaurant, dans le Nord. Et son sourire bienfaisant me traverse, un bref instant ; filtre ma mémoire.

Et instantanément, une autre image trouble cette dernière. Souvenir qui ne m'appartient pas, encore une fois. Dans lequel je reconnais difficilement cette même serveuse d'il y a un soir, tard. Une vision douloureuse, violente. Le reflet indigne de l'initial, abominable. Le visage, alors nimbé de sérénité, semble horrifié, maintenant, déformé par l'épouvante, figé dans une expression d'effroi.

Un éclair furtif, mais irritant, piquant. Une pointe s'insinuant fugitivement dans mon nerf optique, me déchirant le crâne, une infime seconde ; infâme instant.

Lorsque je reviens à la réalité, une grosse dame se tient devant moi.

Prostrée, un air vaguement interrogatif dans le regard, elle semble attendre quelque chose, avec peu de conviction. Une voix proche de celle de Jackie Sardou, un physique assez semblable, la mégère semble déjà perdre patience :

— Alors ? Z'avez choisi ? Vous voulez quoi comme crêpe ?

Et visiblement, ma requête insistante pour une « simple crêpe au jambon », ne lui rend pas le sourire. Je la regarde s'en retourner, amas de chairs dégueulant, dans lequel, très certainement, se cache un monceau de charme, profondément enfoui.

Je réalise alors que je n'ai pas fait le bon choix.

\* \*
\*

La grosse serveuse agrémente mon repas de commentaires déplacés, elle marmonne, grogne, va même jusqu'à lâcher un pet. Je décide de m'en aller. Me balader pour digérer ce repas pénible ; il fait décidément trop bon pour rentrer s'enfermer.

Ici, certaines rues ne sont pas du tout éclairées, et l'on peut s'attendre à voir surgir n'importe quoi, à n'importe quel moment. C'est une expérience particulière à vivre en tant qu'étranger solitaire.

Et comme par hasard, j'ai à nouveau cette étrange sensation d'être suivi. Des ombres me talonnent, se faufilent, m'emboîtent le pas, se mêlant à ma propre ombre. Une impression gênante, agaçante. Est-ce une idée, que mon intuition se fait ; une chimère, un délire paranoïaque ? Ou une réalité, un pressentiment bien justifié ?

Et ne pas parvenir à me sentir seul, alors même que les ruelles sont désertes, me déplaît au plus haut point.

Peu importe, je ne sais pas qui sont ces êtres, ni quelles sont leurs intentions, mais je prends le parti de ne point les craindre. En vérité, que peut-on redouter de choses qui n'agissent pas, qui simplement vous observent ?

Je continue ma progression nocturne, m'efforçant de croire en la justesse de cette observation ; et de ne plus penser à ces fantômes qui m'ennuient.

Là, un cimetière dont la grosse porte abîmée n'empêche plus l'accès m'invite à entrer.

J'aime fréquenter les cimetières, bien que je ne cultive aucun goût pour le macabre. J'apprécie le climat qui y règne, particulièrement la nuit. Une forme de peur mêlée de profond respect. À l'instar des églises. La peur de parler trop fort, la crainte qu'*Il* ou qu'*ils* n'entendent, et la pudeur de murmurer dans pareil lieu sacré. L'impression qui se dégage de ces endroits est unique, surnaturelle. Je m'y sens bien. Les hommes, dans leur illustre naïveté, sont parvenus à établir une ambiance unique, tout à fait propre à ces lieux, par le simple fait de convictions chimériques, reflet d'une bien grande crédulité. Et ces espaces sont devenus pour moi des bulles de sérénité, de calme et de tranquillité. Le moyen, sur terre, de puiser d'infimes bribes de quiétude, qui n'y existent qu'en si infimes proportions.

Je m'assois sur l'une des nombreuses pierres surélevées qui jonchent le sol, et allume une cigarette. Ma manière à moi d'arrêter le temps, parmi tous ces morts pour qui ce dernier ne compte plus, n'existe plus, endormis ainsi pour l'éternité. Partager cette sensation avec eux, que plus rien n'a d'importance. Le temps d'une cigarette. Inhaler une grande bouffée, prendre une longue inspiration, de ce parfum d'immortalité.

Sur la tombe que j'ai choisie comme stalle, la photographie encadrée d'une femme très belle est incrustée dans la pierre. Cette femme a certainement lutté toute sa vie pour faire que son visage reste beau et garde l'éclat de ses premiers jours. Une farce, lorsque l'on songe finalement au visage qu'elle peut avoir, maintenant.

Ce bref instant d'éternité passé, ma cigarette terminée, je reprends ma marche ; funèbre, à présent, car le lieu m'a mortifié. Il m'a fait reprendre conscience, subitement, à quel point je suis touché par la solitude. A quel point ma vie semble aussi creuse qu'un ballon.

Ma tête, heureusement, est aussi remplie que celle d'un enfant.

Ma vie se passe dans ma tête ; ma seule raison de survie. Et je n'y fais que ce qu'il me plaît.

…

Il y a d'abord ce son, imperceptible, inaudible. Juste une sensation, une sorte de prémonition. Un mauvais pressentiment.

Puis il y a comme un déchirement, un frottement dans les airs. Alors la grosse dame se retourne, elle presse le pas. Elle sent que quelque chose ne va pas.

Très vite le frottement se transforme en sifflement. La grosse dame se retourne encore ; mais elle ne regarde que derrière elle, jamais au-dessus. Seulement à la dernière seconde, celle de la sentence ; lorsque Lame se matérialise enfin, qu'il existe, finalement, à ses yeux. Dès lors, elle comprend, mais il est trop tard, déjà. Elle comprend seulement qu'elle ne respire plus, et qu'elle ne respirera jamais plus encore.

Alors, subitement, elle prend peur. Mais tout est déjà terminé.

Taillader, pleinement. Laisser son bras s'exprimer, bien le relâcher. Couper à travers cet amas de chair, ce fatras obscène, cet amoncellement de plis indécents. Entailler cette pulpe sensuelle, sans relâche, jusqu'à ce que le nectar coule à flot. Une douceur, un délice.

La volupté.

…

Je marche depuis un moment ainsi perdu dans de sinistres réflexions, quand passé le coin d'une rue je reste muet de pensée ; figé devant la vision d'Ofeli.

Le petit esprit est là, à quelques mètres de moi. J'avais tellement besoin de quelqu'un, en cet instant. Et elle est là. Une présence immatérielle ; si réelle pour moi, dans un tel état. Elle se tient juste en face, devant, et me fixe d'un air affligé, presque compatissant ; comme pour me rappeler que je ne suis pas seul, finalement. Non, je ne suis pas seul, assurément.

Il y a longtemps que je ne t'ai point vue, petite fille. Si longtemps. J'ai même pensé que tu m'avais abandonné. Et je suis profondément heureux, à présent, de te voir là, devant moi.

Une apparition divine, sublime, qui me réchauffe le cœur, m'inflige une percée de bonheur. Ses bras pendent le long de son corps fluet, sa tête est penchée de côté. Elle affiche une figure de tristesse désarmante, touchante. La couture de sa bouche me glace le sang, heurte mes sens, s'impose à mon regard. Je ne vois plus que cette marque, ce stigmate, qui me rappelle cette nuit effroyable.

Et je la sens ; confusément d'abord. Je sens qu'elle veut me parler, de toute son âme, de tout son être. Un supplice. Ses yeux se plissent, se froncent. L'iris s'humidifie. Deux petites perles noires remplies d'étoiles. Tant d'étoiles.

Puis elle me tend un bras ; comme pour me supplier d'arrêter cette torture, mettre fin à ce tourment. Me toucher… Visuellement.

C'est là que ça s'est passé. Quelque chose de troublant. Quelques images se sont d'abord insinuées. Doucement. C'était presque agréable. Rien de vraiment concret. Des couleurs et des formes indistinctes. Puis, ces images se sont changées, subitement. Elles ont traversé ; ont crevé les parois de ma boîte crânienne. Un flot violent, de sons aussi ; des gens. Un flux brutal, âpre et écœurant. Insupportable. Des lames de lumière, acérées, tranchantes, se sont enfoncées dans mon cerveau. Une sensation atroce, douloureuse. Et tout ceci enfanté, apparemment, par l'esprit même d'Ofeli, cette douce enfant. Mais comment ? Et surtout, pourquoi ? Pour quelle raison m'imposer une telle douleur ?

Alors, le rythme des attaques mentales diminue. Ma vision, encore voilée par l'intrusion de tous ces spectres, perçoit enfin son visage, penché, et ce regard profondément triste, planté dans le mien. Un calme subliminal dans cette confusion d'images, ce chaos illusoire.

Et, lorsque ce brouhaha mental se tait enfin, Ofeli n'est plus là.

\* \*
\*

Je reste complètement hébété à la suite de ce phénomène, troublé véritablement. Angoissé même, car ce qui vient de se passer ne tient plus de la simple vision, mais bel et bien d'une réalité indéniable. La chose a une portée tangible, une influence sur le réel des plus concrètes ; et je viens d'en faire la douloureuse expérience.

Ofeli aurait-elle volontairement agi sur mon inconscient afin de m'infliger les plus grands maux, me faire partager son extrême souffrance ? Car la douleur mentale semble être apparemment son seul moyen de communiquer, la seule chose qu'elle ait à partager. Une sorte d'alphabet singulier, différent du nôtre, basé sur l'affectif et le sensitif, dans leurs formes les plus pures, les plus primitives. Une canalisation de sensations, d'émotions originelles, essentielles ; violentes, pénétrantes. Et cette petite demoiselle essaye de me dire quelque chose, assurément. Il m'apparaît subitement qu'elle pourrait être à l'origine de toutes ces visions qui m'assaillent depuis quelques semaines.

Encore abruti par cet événement des plus troublants, chancelant, tenant difficilement sur mes deux jambes, je rejoins péniblement le chemin de ma chambre. Et tout au long de ce retour mal assuré, je ressens toujours les effets de cette rencontre avec Ofeli. Des percées furtives d'images terrifiantes traversent encore mon esprit. Et je ne peux rien y faire, simplement accepter, me soumettre à cette torture mentale, à la merci de cet étrange envoûtement.

Je ne sais pas, alors, que je porterai longtemps encore les séquelles de cette entrevue intemporelle ; très longtemps.

Or, quelque chose m'inquiète dans cette situation déjà troublante. En effet, si je fais l'effort d'un focus, ces flashs qui continuent de se succéder confusément, et s'impriment lentement à la surface de mon cerveau, me conduisent finalement à un constat : contrairement à ce que je pensais initialement, je reconnais tous ces visages, je connais ces gens.

Certains sont évidents. Célia, ma première compagne, m'est apparue les larmes aux yeux, portant un masque d'effroi glaçant. Alicia, que j'ai difficilement identifié tellement son visage était déformé par la peur, semblait supplier quelqu'un, implorant de tout son être. D'autres, cependant, sont plus confus. L'image de cette jeune fille au parfum d'ange, que je finis par reconnaître. Une vieille dame, encore. Et je ne comprends vraisemblablement pas la raison pour laquelle je me remémore ces personnes, dans de tels moments, des situations que je suis convaincu de ne pas avoir vécues. Serait-ce Ofeli qui me fait un mauvais tour ? Qui se joue de moi ? Ou pire, se pourrait-il que tout ceci appartienne à ma mémoire, se soit installé dans ma boîte crânienne, à mon insu ?

Je ne saisis pas ce qui arrive ces derniers temps. Je me sens totalement perdu. Mais tout ceci me fatigue énormément pour l'instant, trop. Et j'ai toujours cette désagréable sensation d'être suivi, par ces êtres qui se rapprochent de plus en plus, prennent de moins en moins de précaution pour me filer. Ils ne prennent même plus la peine de se cacher ; se confondant seulement avec les ombres, présentent partout ici, à cette heure. Ombres dans les ombres.

Je presse alors le pas pour les semer, sans trop grande conviction. Et lorsqu'enfin j'arrive à la petite cour de ma chambre d'hôtel, curieusement, je me sens en sûreté, protéger par je ne sais quelle force obscure.

…

Cette sensation me quitte bien vite lorsque j'aperçois le contour d'une ombre se dessiner derrière l'une des fenêtres, au fond de la cour. Une autre forme d'ombre, bien plus concrète celle-ci. Et qui m'ennuie tout autant. Qui m'agace au plus haut point, même. Et lorsque j'arrive suffisamment près, pour distinguer plus que cette silhouette informe, le rideau retombe une fois encore, enveloppant cet homme que je n'aime pas, ce mystère qui s'accroît, et qui m'irrite de plus en plus.

Je parviens difficilement à ouvrir la porte, la serrure reste inflexiblement bloquée, comme si quelqu'un avait tenté de la forcer. Mais je n'ai pas le temps de laisser mon imagination supputer quelconque probabilité, qu'à nouveau une image viole ma pensée. Légèrement plus longue, moins douloureuse, elle repart en une poignée de secondes.

Et je profite d'un instant de répit entre deux visions pour me glisser dans mes draps, et sombrer dans un sommeil de plomb.

\*　\*

\*

Quelque chose, un son, m'arrache à mon sommeil, en plein milieu de la nuit. Quelque chose de sourd, qui tape au mur, depuis un certain temps déjà très certainement, car cela a réussi à me réveiller. Je reste un moment à écouter dans le noir, allongé sur mon lit, à essayer de définir ce que cela peut être. Mais je n'y parviens pas. Le son est continu, assez constant, sans pour autant rappeler celui d'une machine. Un animal, ou peut-être un homme ? J'allume la lumière, et immédiatement une barre vient peser sur mon front, la douleur s'insinue dans ma cornée, conséquences de la mauvaise expérience de cette nuit : j'ai une migraine épouvantable.

Je parviens aisément à localiser la provenance du bruit : le mur contre mon lit, tout simplement ; celui de mon voisin aussi. Et l'auteur en est manifestement cet homme, cet inconnu. Que peut bien bricoler ce type à une heure pareille ?

Je plonge un cachet d'aspirine dans un demi-verre d'eau, en espérant que le bruit cesse, que ma migraine passe, mais c'est sans compter apparemment sur l'acharnement de ce dégénéré.

Le bruit persiste, s'obstine et m'agace ; prend de l'ampleur même. La migraine suit la même évolution. Doucement, mes nerfs se tendent ; sûrement. Cette fatigue, ce mal de tête grandissant, tout est là pour que je ne prenne pas ce bruit comme une petite plaisanterie. Je ne reste pas patient longtemps.

Au bout de quelques minutes, je sors, bien décidé à partager avec cet importun ma mauvaise humeur.

Or, j'ai beau taper du poing et des pieds de toutes mes forces, redoubler d'efforts vocaux, rien n'y fait. Le gêneur reste totalement muet. Et si je continue à m'acharner sur sa porte de la sorte, c'est bientôt moi que l'on va accuser de tapage nocturne.

Je m'enferme donc dans ma chambre, déterminé à retrouver le sommeil. Évidemment, les coups recommencent, et semblent de surcroît bel et bien volontaires. Cet homme chercherait visiblement à m'empêcher de dormir, ou bien me briser les nerfs. Je déplace le lit, l'éloigne du mur, et le fait glisser jusqu'au centre de la pièce ; et surtout, je tente de ne pas y penser.

Mais je ne pense plus qu'à cela, maintenant. Et c'est agaçant. Je réalise que je ne pourrai rien y faire, indubitablement, et reste ainsi, à fixer le plafond blanc, laissant courir mes pensées le long de cette surface immaculée. Méditer sur tout ce qui a pu se passer, ces dernières semaines. Toutes ces choses, qui ont pu arriver.

La venue d'Ofeli, dans ma vie, dans ma tête, qui me fait sentir moins seul. Qui me trouble, aussi.

Toutes ces visions que j'ai, de plus en plus fréquentes, et qui lui semblent intimement liées, pour je ne sais quelles raisons.

Et puis ces ombres, qui persistent à me suivre, et qui m'ennuient.

Mais le tapement redevient présent, et trouble ces réflexions. Cependant je m'aperçois vite que ce n'est pas le même ; celui-ci a une texture différente, plus sourde encore. Et il semble provenir de l'intérieur même de mon être, faisant vibrer mon âme toute entière.

Et le son se change en vrombissement, s'infiltre dans mes oreilles, déchire mes tympans. Un chuchotement. C'est une sorte de chuchotement qui se fraie un chemin à travers mes conduits auditifs, et tente de gagner les neurones. Ma vision se trouble, les yeux me font mal, j'essaie de ne pas lutter. Surtout ne pas lutter. Laisser venir la chose, l'accepter.

La pièce devient floue, puis se volatilise, se dérobe à ma vision. Là, le murmure reprend de plus belle, s'intensifie, prend place dans tout mon esprit. Plusieurs murmures, en fait, aux résonances multiples et complexes. Des voix dans ma tête. Il y a des voix dans ma tête. Et ces voix s'adressent à moi, directement.

Des êtres m'apparaissent aussi. Très succinctement, de manière subliminale. Car ils s'agitent en tous sens, trop rapidement, dans une texture vaporeuse, légèrement visqueuse. Ils glissent, tournoient, disparaissent, pour se matérialiser plus loin. Un grouillement d'êtres que je reconnais immédiatement, car m'étant apparus déjà, une ou deux fois, lors de brèves visions. Ces personnages que j'avais sentis alors voulant s'imposer à moi, mais qui malgré tout m'avaient semblé familiers.

Des mots me parviennent maintenant ; des mots que je comprends, qui ne passent même pas par les oreilles, s'inscrivent directement dans mon esprit, se gravent dans la matière molle de mon cerveau. Des mots qui m'effraient :

— Vent de Banshee. Minces parois cérébrales. Conditions optimales pour pénétration mentale. Nous nous nommons Phobie, NevroZ, PsYché, Lame. Corps ennemis, passagers clandestins ; mais ton destin est de nous accepter, un jour, toujours. Nous sommes tes plus chers amis. Car nous seuls restons, lorsqu'il n'y a plus personne. Habitants de ton esprit, nous nous logeons dans les moindres recoins de ton cortex, y dévorant toute notion de sens, de réalité encore restante.

Nous sommes ceux qui peuvent contrôler tout ce qui arrive, mais uniquement si tu crois ; en nous, en toi. Car les deux sont étroitement connexes. Nous existons, et respirons ; nous alimentant en une essence vaporeuse, fondamentale, si chère à la survie ; jamais rassasiés, toujours affamés.

Nous te connaissons mieux encore que tu ne te connais toi-même. Car nous sommes fondamentalement la même personne ; plusieurs individus partageant le même esprit.

Apprends à nous connaître.

Puis les murmures se modifient, imperceptiblement d'abord. Deviennent très vite des hurlements. Des voix atroces, maintenant, me pourfendent les tympans ; une cohorte de gémissements, de plaintes stridentes, m'arrachant un cri de douleur aiguë.

Et tout s'arrête subitement, me laissant pantelant, suant, et une fois de plus complètement étourdi. Quelque chose cherche assurément à me réduire le cerveau en pièce.

Or, curieusement, je n'ai plus mal à la tête.

# Contact

*On dit que c'est l'Amour.*
*Mais l'on se trompe ; pire, on ment. Ce n'est pas la vérité. Il est le sentiment le plus contrarié, donc en ce point faillible ; le plus fragile.*
*Elle, n'est guidée que par ordre et subtilité. Un ordre chaotique, qui ne la renforce que dans sa force. Une combinaison bien précise d'obsession, de systématisation et d'acharnement. La juste dose de chacun de ces éléments.*
*Oui, c'est elle la plus forte – la Haine.*
*Sentiment omniprésent dans la société des hommes.*
*Le plus courant, le plus violent. C'en est désolant.*

Dans cette ronde de sentiments, ce parcours d'amours en amantes, de victimes en passantes, qui a commencé depuis si longtemps déjà, il faut compter, à présent, sur un nouvel arrivant : QolèR, proche voisin de Hène ; plus concentré, mieux canalisé. Plus concret aussi.

Car tout le monde ne voit pas d'un très bon œil tous ces trépas, tous ces deuils. Les gens ne saisissent pas, il leur faut un coupable, quelqu'un qu'ils pourront punir ; qui pourra payer pour tous ces méfaits.

Alors, la traque s'est engagée, les chiens sont lâchés. QolèR suit son chemin, sans répit, sans pitié. Une voie pavée d'amertume et de rancœur. Diluée dans d'autres sentiments malsains, malodorants. Des désirs de vengeance, de châtiments inavouables, de supplices impensables jonchent les routes, enflamment l'air environnant.

\* \*

\*

Lorsque je me suis réveillé, ma première pensée fut une constatation : je me sentais étonnamment bien ; reposé. Il ne subsistait plus aucune trace de ma migraine. Et les bruits avaient cessé.

Je décidai tout de même de quitter ce lieu, cette chambre, à jamais ; de ne plus y remettre les pieds. Malgré cette fille ravissante qui en détient les clefs. D'ailleurs, lorsque je les lui ai rendues, je lui ai parlé de l'incident ; de ce voisin pour le moins gênant. Et sa réaction m'a paru faussée, légèrement troublante. Un changement s'est aussitôt opéré en elle ; infime, mais bien réel. Son sourire s'est changé en un air vaguement inquiet, une expression teintée d'angoisse. Comme si elle savait, mais qu'elle craignait quelque chose. De cet homme ?

Peu importe les raisons de cette peur, de même que les motifs que peut avoir cet étrange personnage pour taper dans un mur toute la nuit. Je ne suis pas venu pour cela. Et assurément, l'énigme demeurera à jamais entre leurs mains. Je n'en garderai qu'un souvenir vaporeux. L'image d'un homme derrière une fenêtre, caché à moitié par un rideau. Un observateur passif, d'un monde auquel indubitablement il n'appartient pas.

...

J'ai marché toute la journée, à la recherche des fées. Essayant de réunir aussi tous les éléments pouvant correspondre à mon récit. J'ai suivi le plan, que l'on m'avait donné ; les flèches, bien tracées. Visiblement, ici tout est bien organisé. Et je n'ai trouvé que des mises en scène bien ordonnées, n'ai croisé que maints touristes agglutinés, aucune fée.

J'ai marché, marché, et encore marché, alors que tous usaient de leur voiture, chargeant l'air d'une odeur lourde, soulevant chaque fois la poussière. J'ai eu mal aux pieds ; très mal aux pieds.

Oh, les dolmens et les menhirs étaient bien là, oui. Je les ai photographiés, dessinés, même. Mais sur chaque photo, il y avait des gens, des bâtiments. Ils sont superbes, effectivement, ces monuments, ces pierres dressées. Mais ce qui cloche, c'est leur emplacement, maintenant. Tous systématiquement encerclés de grillages, de haies, de gens laids. La poésie a vraisemblablement déserté les lieux ; la vérité aussi. Et les personnages qui en faisaient partie ont de toute évidence fui vers la forêt.

Alors, si c'est ainsi, j'irais dans la forêt.

…

La fin de journée fut fort peu agréable, à l'image de la journée. Longtemps j'ai cherché un lieu qui convienne à mon état.

J'ai réussi finalement à dénicher un endroit où satisfaire ma solitude, parmi les pierres dressées. Un endroit oublié des vacanciers, éloigné des routes ; accessible seulement après une longue marche à pied.

Alors je m'y suis reposé.

J'ai écouté le vent chanter, s'infiltrer dans les feuillages qui chuchotaient. Un petit jeu qui dure depuis des milliers d'années, et qui durera, toujours.

Le contact frais de la pierre dans cet été trop chaud, le léger sifflement du vent accompagné du murmure des feuilles, tout, subitement, n'était plus que calme et sérénité. Et je me suis laissé bercer ainsi par ces mélodies légères et cristallines, à laisser le temps filer, et contempler l'éternité. Je me suis assoupi, quelques instants seulement, enfin je crois. Et j'ai rêvé ; de fées, d'ondines, et d'autres personnages merveilleux, qui j'espère accepteront d'exister dans ce conte que j'ai enfin commencé. Je n'ai griffonné encore que quelques lignes seulement. C'est au moins un commencement.

…

Je suis retourné en ville à la tombée de la nuit, poussé par la faim ; et puis parce qu'il me fallait trouver à nouveau où dormir.

Cette fois-ci, les recherches eurent plus de succès. Très vite j'ai trouvé une chambre, petite mais fonctionnelle, au deuxième étage d'un hôtel en bordure de la ville. Avant que les boutiques ne ferment, j'ai acheté un morceau de pain, du fromage, et j'ai dîné en tête à tête avec moi-même.

Avec ces gens aussi, qui affirment habiter mon esprit.

Puis je suis parti en direction de la forêt, pour une promenade nocturne. Pour rencontrer les fées.

Cette fois encore les ombres m'ont suivi. Je finis par m'y habituer. Je ne les vois pas, car je ne me retourne pas – je ne le fais jamais. Mais je les sens. Toutes proches de moi. Et je comprends instinctivement que je n'ai pas à en avoir peur. Il s'agit là d'une espèce d'anges gardiens qui m'accompagnent, m'escortent dans la vie, comme chacun doit en posséder, très certainement. Je ne dois pas être le seul, assurément.

Mais lorsque je m'engouffre dans la forêt, les ombres s'arrêtent. Elles ne vont pas plus loin. Ces improbables anges gardiens me laissent aller seul dans ces ténèbres végétales, ce dédale naturel.

Les ombres auraient-elles peur de l'ombre ?

Ou peut-être ce labyrinthe d'arbres et de fougères serait-il trop compliqué pour elles ?

Peu importe, je suis satisfait de pénétrer seul dans cette forêt.

Et je m'enfonce, dans une obscurité troublante, inquiétante, qui protège certainement une multitude de secrets.

\* \*
\*

Traversant les méandres d'une forêt mentale, image enfantée par quelque Elémental, j'ai senti la présence d'Ofeli.

Elle était là.

J'ai perçu sa présence, j'ai deviné sa démence ; ses cris, son agonie. Fruits d'une maladie-amie.

Un appel, une phobie enfouie, perpétuelle ; un état latent. Une simple calomnie. La crainte mêlée à l'aversion de l'homme, de l'humanité toute entière ; d'elle-même.

J'ai entendu sa plainte, sa complainte. Un son interne, qui filait à travers les arbres, glissait à travers mes neurones, devançant d'une fraction de temps son image intangible, impalpable. Une vision astrale, ancestrale. Un rais de lumière incandescent, une lame irisée, perçant le feuillage vert émeraude. Le frôlant.

Fragment d'un rêve, de rêves ; d'une réalité irréelle. Pâle réalité. La mienne. Fille de la lune, petite fille des étoiles ; rayon déposé là par ma seule volonté. Lambeaux de pluie bleue, morceau de mon âme, éclairant cette partie de forêt d'un halo merveilleux, surnaturel.

A mon tour j'ai crié. L'ai appelée.

Avec ce cri, l'angoisse s'est installée. Peur qu'elle me réponde. Envie d'avoir peur.

Qu'elle me réponde.

Dans sa course à travers les branches, sa tête s'est tournée vers moi.

Alors son regard m'a déchiré. Ces yeux, profondément noirs, dans lesquels flottent une multitude d'étoiles. J'ai été comme aveuglé un bref instant. Le sentiment d'imploser, que tout se fend à l'intérieur.

Ce regard. Mon propre regard. Triste. Profondément triste. Implorant. Que tout cela cesse. Trop de sentiments. Trop de douleur.

Toutes ces émotions inhumées. Poison mortel, remplaçant depuis trop longtemps le sang de ses veines. La sensibilité à fleur de peau. L'affectivité à l'état pur. Créature sensitive. Incarnation même de la pureté, de l'innocence, tachée par tous les sentiments humains. Une écorchée vive.

Et tout m'apparaît, maintenant. Comme si je l'avais toujours su. Des bribes de ses pensées me parviennent, sans le moindre effort, et se gravent dans mon esprit.

Le contact est fait, ne serait-ce qu'à moitié. La communication est engagée, et demeurera, j'en suis persuadé, jusqu'à la fin, l'éternité.

Un bout d'explication ; c'est le moindre que je méritais.

Cette phobie de l'homme la rend criminelle. Son meurtrier, n'est autre que l'humanité. Qui précisément ? Elle ne peut me l'avouer. Mais elle lui a pardonné.

Et le monde adulte l'a tuée. Et à présent, elle ne contrôle plus rien ; c'est sa sensibilité qui la guide, qui la force à s'exprimer. Elle ne supporte pas l'homme. Chaque adulte porte en lui un enfant mort, qu'il ne peut oublier ; son enfance. Même si certains s'évertuent à essayer de le faire. Elle non plus, maintenant, ne peut oublier. Elle est l'enfance.

Alors elle tue. Ou bien, selon son envie, elle fait perdre la raison, faisant déteindre ses états d'âme tourmentés sur les gens, qui sont bien incapables de supporter de telles attaques sensitives. Une façon à elle de partager.

Elle n'a que cela à donner.

Quelquefois, elle boit leur âme, pour les vomir dans quelque égout communiquant avec les enfers.

Elle n'est pas responsable. Personne ne peut, ne doit lui en vouloir. Elle est miséricorde ; douceur. Elle est le bien absolu ; et cela la pousse à faire le mal.

Alors, elle devient le mal incarné.

C'est une petite lumière noire, profonde, troublée.

Je ne la contrôle pas. Elle est libre de faire ce qu'elle veut. Or sa souffrance omniprésente la pousse aux pires agissements. C'est sa démence qui la guide.

Elle est phobie. Elle est névrose. Elle est toute maladie de l'esprit. Elle est un Esprit divin.

L'inconscient cérébral.

Une demoiselle d'éther.

Alors, elle sème un vent de trouble dans les esprits des gens. Elle propage la discorde. Des accès d'amertume, de colère et de violence. On ne peut pas demander à une enfant de se contrôler ; elle ne sait pas, ne comprend pas.

Comme la tempête, elle saccage tout.

C'est un carnage.

…

Puis les ombres se sont finalement rapprochées. Ont pénétré dans la forêt. J'ai accepté leur venue de manière naturelle, sans crainte. Une suite logique, à ce phénomène des plus inconcevables ; plus inconcevable encore. Car bien qu'ils affirment le contraire, et à l'opposé d'Ofeli, je ne connais pas ces gens.

Du moins, c'est ce que je pensais.

Car ils m'ont parlé, à ce moment précis. Ils m'ont expliqué qui ils étaient. Qui j'étais aussi. Les deux sont intimement liés.

Je me sentais légèrement oppressé, et surtout déconcerté, par la soudaineté des faits. Mais dans un même temps j'étais soulagé, satisfait, de trouver une famille, une parenté avec ces gens.

Ils m'ont parlé, mais leurs lèvres n'ont pas bougé.

Je n'ai pas vu leurs lèvres. Je ne connaissais pas leur langage, mais je les ai compris, sans aucune difficulté. Un dialecte figuré, basé uniquement sur des projections d'images, d'idées, de métaphores ; des reflets de visions, d'illusions, de souvenirs. Le tout s'imprimant directement sur la rétine de l'œil, se déposant ensuite par couches progressives dans les profondeurs de l'esprit. Sans aucune douleur. Une douce sensation, au contraire, d'apaisement. La sensation de recouvrer ma mémoire jusqu'alors défaillante ; de retrouver, enfin, une partie de moi qui manquait. Me retrouver moi-même, me comprendre. Et être enfin en accord avec mon Moi.

Une sorte de chorégraphie s'est opérée. Une ronde nocturne dans ce sanctuaire naturel qu'est la forêt. Une danse initiatique. Un rituel avec moi-même, avec ces ombres, sous la lumière diffuse de la pleine lune.

Un rythme s'est installé. Incertain. Un balancement instable, une oscillation fragile. Un va-et-vient irrégulier entre deux mondes. Le monde de Là, et le monde de l'Au-delà. Le monde de l'Au-delà étant celui du Moi, et non celui de la mort.

Une frontière. Un passage à franchir ; entre ce monde et le mien. L'externe et l'interne. La recherche d'un équilibre.

Le repli sur soi.

Ces ombres m'ont montré quelque chose qui me plaît. La vérité ? Ils m'ont expliqué, les multiples possibilités de l'esprit. La satisfaction de se trouver, et de décider. Les pouvoirs illimités de l'intériorité. Un choix à faire.

Elles m'ont invité alors à les suivre, mais j'ai refusé.

Je ne me sens pas prêt, pas encore.

Alors elles ont quitté ma vue. Seulement ma vue.

Et Ofeli a disparu.

…

Il y a quelqu'un d'autre que moi, dans cette partie de la forêt. Je sens une présence, tapie dans l'ombre. La face cachée de mon monde.

Une zone cachée que ma vision ne peut percevoir.

— Il y a quelqu'un ?...

Ma question reste en suspens, dans cette nuit sans vent. Il y a alors un bruissement dans les feuillages environnants, que je ne parviens pas à localiser.

Une silhouette sort de sa cachette, qui semble mal assurée. Parvient jusqu'à une zone éclairée par un rayon de lune, à quelques mètres de moi.

Une jeune fille est là, devant. Elle tient une paire de ciseaux à la main ; fermement.

Je suis immédiatement fasciné par ses grands yeux noirs, exorbités, qui expriment une myriade d'émotions. Ses longs cheveux, de la couleur de l'obsidienne, dégoulinant le long d'un visage d'une finesse exquise, empli de délicatesse. Un simple morceau d'étoffe déposé sur un corps de nymphette. Tissu carmin enveloppant ce corps d'ivoire, d'une candeur, d'une blancheur lunaire.

Amélie, comme il est bon de repenser à toi, de revoir ton visage.

Douloureux, aussi.

Elle m'a vouvoyé la première fois. Expression de la crainte, du respect ? Simple signe de politesse ? Je ne sais pas, et ne saurai jamais, pourquoi elle m'a vouvoyé, la première fois.

Elle m'a dit :

— Je vous ai vu tout à l'heure. Vous avez parlé. Tout seul.

Vous vous êtes agité, aussi. Vous paraissiez subir quelque chose ; quelque chose de bon. Vous sembliez heureux et serein. Que s'est-il passé ? Que vous est-il arrivé ?

Une petite voix fine, fragile ; pénétrante. Un petit air triste quand elle s'exprime.

Je lui ai expliqué ce qu'il s'était passé, empli d'une confiance spontanée.

Elle n'a aucunement paru surprise. Au contraire, elle a immédiatement compris ; comme si cela lui été arrivé il y a longtemps déjà. Et qu'elle avait accepté. Le repli sur soi.

Elle semblait heureuse de me rencontrer. Comme si elle savait, et qu'elle attendait ce moment ; ces instants.

Moi aussi, j'étais enchanté de rencontrer cette demoiselle qui me comprenait, vraisemblablement. Et qui connaissait, ces choses cachées, tous ces secrets.

Elle m'a dit qu'elle avait coutume de se promener dans cette forêt, la nuit, lorsqu'il n'y avait plus personne pour la tracasser.

Elle a avoué m'avoir suivi. Inquiète de cet étranger que j'étais ; de cette irruption dans le domaine des fées.

Et nous avons conversé. Longuement ; en prenant le temps. Nous avons parlé, parlé, et encore parlé.

Elle m'a dit :

— Le monde est plein de bruits. Je les entends tout le temps. De multiples murmures, scintillants, frémissants.

J'ai eu la confirmation, alors, que je n'étais pas le seul à être entouré par ces espèces d'anges gardiens, ces habitants de l'esprit. Nous partagions les mêmes sensations. Nous nous étions posé les mêmes questions.

Je ne m'en pose plus, à présent. Presque plus.

Seulement : quels sont ces souvenirs, de tous ces gens que je semble connaître, mais qui ont revêtu le masque de l'effroi, les rendant méconnaissables ? Et quelle est la raison de cette angoisse ?

Elle n'a pas su me répondre ; elle ne savait pas.

...

Nous avons continué à converser, longtemps encore. Nous frôlant parfois. La sensation que j'avais alors, chaque fois, me troublait véritablement. Une impression d'engourdissement. Une onde douce, chaude et frémissante me traversait.

Nous nous sommes touchés, scrutant nos visages, palpant nos membres, respirant nos corps palpitants. La chair. Le sang.

Nous nous sommes aimés, pour la première fois ; déjà.

C'est d'abord tous ces arbres. L'impression étrange d'être entourés de milliers d'êtres, spectateurs attentifs de nos gestes furtifs.

Une simple impression ?

Il y a ces milliards de feuilles, ensuite. Autant de chuchotements. Le murmure du vent.

Ces étoiles, enfin ; innombrables.

La lune ; il n'y en a qu'une.

Puis tout disparaît, échappant à l'esprit. Tout sombre dans l'oubli. On est happé, d'un seul coup, par un courant de perceptions, un vortex de sensations, sourdes, confuses. Un délice animal ; le plaisir. Précédant un orgasme mental ; la félicité.

Elle dormait quand je l'ai quittée.

Et lorsque je regagne la ville à la lumière des étoiles, j'ai encore son goût salé dans la bouche.

*   *
*

NevroZ ressent un mal nouveau : la félicité. Il ne connaissait pas cette sensation. Il n'absorbe que la peur et la douleur depuis toujours. Ce mal-ci lui fait du bien. Il lui semble avoir enfin trouvé une âme à partager. Quelqu'un qui n'a point eu peur, lorsqu'il s'est approché. Qui a accepté l'échange qu'il cherche depuis si longtemps.

Le partage.

Et cette jeune fille lui plaît. Il voudrait s'y lier. Et la revoir, qui sait ?

Il la reverra.

# La forêt

*« Que m'importe mon ombre ! Qu'elle me coure après ! Je me sauve et je lui échappe…*
*Mais lorsque j'ai regardé dans le miroir, j'ai poussé un cri et mon cœur s'est ébranlé : car ce n'est pas moi que j'ai vu, mais la face grimaçante d'un démon… »*

*Nietzsche.*
*Ainsi parlait Zarathoustra.*

— As-tu déjà remarqué ? Lorsque les ombres de deux êtres se croisent, cela forme une ombre plus foncée, plus prononcée. Plus forte.

Ça signifie beaucoup.

J'aimerais croiser mon ombre avec la tienne, à jamais.

Amélie. Ces mots m'infligent une profonde douleur, lorsqu'ils émergent à nouveau dans mon esprit. Et cette tragédie avec laquelle tu m'as regardé, tout de suite après. Comme pour me sonder, capter une expression sur mon visage, qui t'aurait indiqué que je partageais les mêmes pensées.

Chacune de tes douces réflexions, toutes emplies d'affection, me torturait au plus haut point. Mille fois j'aurais voulu acquiescer, les affirmer, toutes ces considérations chargées de tendresse.

Je l'ai fait. Un milliard de fois au moins ; mais en secret. En pensées, seulement. Car je n'ai pas l'habitude. On ne m'a pas appris. A dire ces choses tout haut.

Mais je pense tout de même que tu savais. Que tu sentais et comprenais ; que je t'aimais, plus que tout sur terre.

Que tu étais ma fée.

Cela faisait presque une semaine que nous nous étions trouvés.

Nous nous étions revus, plusieurs fois déjà.

La première nuit, je suis retourné dans la forêt.

J'ai attendu, longtemps.

Mais tu n'y étais pas. Je me suis alors senti envahi d'une immense affliction, esseulé que j'étais.

Aussi, je suis resté enfermé dans ma chambre d'hôtel tout le lendemain, à broyer du noir. J'ai essayé d'écrire, d'avancer dans mon récit.

Mais tout tournait systématiquement en cauchemars, en tragédies ; trop de tracas pour les enfants, manifestement.

Heureusement je t'ai revue, après. Le plus souvent la nuit, toujours dans la forêt. J'en étais alors si heureux.

Mon cœur se brise chaque fois que je te vois.

Les ombres me suivent toujours ; je ne sais pas si elles perçoivent comme moi tes douces réflexions, si ça les touche. Les ombres peuvent-elles ressentir une émotion ?

Toi étrangement tu ne les vois pas, ces fantômes qui nous emboîtent le pas.

Ils me dérangent, quelques fois. Ne pas pouvoir me mouvoir sans cette escorte ténébreuse me gêne, voire m'agace.

Alors, j'essaye de ne pas y penser. Et parfois, ils ne sont plus là.

Je ne pense plus qu'à toi. Perpétuellement présente dans mon esprit. Tu as totalement envahi ma vie.

Mais je ne te vois que la nuit.

J'attends, j'erre constamment, dans la ville, dans le temps, le moment où je t'entendrai.

Un son de clochette. Un murmure cristallin. Un cliquetis léger, vaporeux ; incertain.

Le songe que je fais de ces instants que je vis.

Tout n'est que rêve et réalité. Naviguant de l'un à l'autre de ces effets.

La nuit est devenue pour moi un moyen de rêver, et je ne lui connaissais pas cette aspect-là.

Tout ce à quoi j'aspire maintenant, c'est penser le temps avec toi.

Mais je ne peux te retenir. T'attacher. Les ailes d'une fée.

Je ne te vois que la nuit ; à la lueur des étoiles.

Je t'ai questionnée sur la raison de ce fait. Tu ne m'as pas répondu.

Je ne te vois que la nuit.

Et mes journées sont devenues tristes, et bien trop longues. Comme elles l'ont toujours été. Mais elles le sont bien plus encore, depuis que je te connais.

Alors j'écris. Mais je ne peux écrire ce conte de fées.

Alors j'écris sur toi, sur moi ; sur ce qui s'est passé.

Et j'attends toute la journée que la nuit soit enfin tombée. Que les étoiles soient finalement allumées.

Que mon vœu soit exaucé.

Alors je descends d'un pas pressé, ombre suivie de multiples ombres, que je suis seul à voir.

Alors je file à travers les rues, d'un pas mal assuré. Avec l'angoisse que tu n'y sois pas.

Et je prie la lune que tu n'aies pas disparu ; qu'une fois encore, tu sois venue.

Alors je cherche dans la forêt, car tu ne te trouves pas toujours au même endroit. Je hurle de tout le souffle qui me reste, en y mêlant toute la détresse ; toute la tendresse.

Et les arbres frémissent, à l'appel de ton prénom, les oiseaux se taisent, par respect.

Alors je perds la raison, lorsqu'enfin je te vois ; au coin de mon œil, chuchotant de doux délires, conversant avec le vent, lui racontant n'importe quoi ; de tendres divagations.

Tu t'es échappée, cette fois-là, lorsque tu m'as vu. Tu t'es mise à courir, à travers les branches. Avec toi j'ai couru, tentant de te rattraper. À travers les branches.

Loin devant, j'ai fini par te toucher. Tu as perdu ta paire de ciseaux, et je l'ai ramassée.

Tu t'es mise à marcher. Et nous avons avancé. Longtemps ; sans bruit.

À travers les branches.

Et nous sommes arrivés à un marais. Tu m'as dit que tu le connaissais. Que tu y allais souvent, et que tu voulais me le montrer.

Et nous y sommes restés.

…

Les feuilles qui bruissent. Le vent qui frémit.

La teinte si particulière de ce marais, un vert émeraude presque parfait.

— Amélie… Pourquoi ne puis-je te voir que la nuit ?

Ces yeux. Si marrons. Si profonds. Où semblent se perdre des myriades d'émotions, de sensations.

Elle m'explique que la nuit, les choses ne sont pas les mêmes.

— Enfin, c'est ce que je pense. La nuit change la perception que nous avons. Elle transforme les éléments, les gens, les émotions. Elle nimbe tout d'un aspect plus profond, modifie les sensations. La nuit ne perd rien, mais elle transforme, elle modifie, les choses restent en suspens. Elles y sont plus concentrées, mieux canalisées. Prennent une texture sacrée.

Il y a tant de choses qui flottent dans la nuit. Elle n'est jamais le néant. Le noir n'est jamais complètement noir. Il s'y opère toujours du mouvement. Un courant, une couleur.

Tu as remarqué ?... Lorsque l'on ferme les yeux ; ce n'est jamais le noir que l'on aperçoit alors. On peut apprendre à observer, à comprendre ce qui s'y passe.

La nuit est ainsi.

Et j'ai fait le choix de ne vivre les belles choses que la nuit. Le jour me les perdrait, les égarerait.

— Mais la nuit peut aussi faire disparaître les gens, Amélie. Ils peuvent s'y égarer.

Je savais qu'elle disait vrai. Qu'elle y croyait. Et elle avait raison, de toutes façons. Tout ce qu'elle disait était toujours empreint d'une grande vérité.

J'avais pensé les mêmes choses, il y a Avant. Mais j'ai appris que ça ne s'arrêtait pas là, à des conclusions si évidentes, si positives. Il y a des dangers qu'elle ne connaît pas. C'est bien ce qui en fait une fée. Une sorte de fée. Car toutes les fées ne lui ressemblent pas.

Ma fée.

— Et que fais-tu, alors, la journée ?

— La journée, il y a tous ces gens. Trop de gens. Et tous ces événements – trop de mouvement – c'est si compliqué, ça me donne la nausée. Je ne peux supporter.

Alors, je ferme les yeux.

Je me retrouve souvent au même endroit. Cela m'est devenu très facile avec le temps. Dès que j'en ai envie. Quand je ne supporte plus. Tout ce bruit. Et tous ces gens, autour. Le monde est plein de bruit ; trop de gens.

Ma demeure est une grande plaine. Arrondie ; incurvée. Juste une ligne d'horizon, séparant les deux mondes. La terre, et le ciel. Monde terrestre, et monde céleste. Une frontière, un passage, entre deux états. L'état solide, et l'état gazeux. Le physique, et le mental.

Une simple ligne.

Et je me demande souvent, si cette dernière correspond à la base du ciel, ou bien plutôt au sommet de la terre.

Je ferme les yeux, et c'est elle que je vois en premier, presque toujours. Ma petite ligne. Mon équilibre. Et si elle venait à disparaître, cette ligne, cette courbe, alors je saurais.

Ma seule amie.

Car ma demeure est mon esprit ; et mon esprit est une grande plaine. Un désert. Traversé d'une ligne, de part en part.

Une cicatrice indélébile.

Je sentais que son propos, que quiconque aurait qualifié de dément, avait quelque chose de vrai. Ou plutôt qu'elle y croyait. Mais elle me mentait, je le savais. À moi, ou peut-être à elle-même. Il se passait autre chose, le jour, qu'elle me cachait. Mais il est peut-être mieux d'enjoliver la vie ainsi, de la rendre plus jolie.

Quoiqu'il en soit, je crois que nous avons la même tournure d'esprit tous les deux. La même façon de penser. Comme le reflet d'un miroir inversé.

Et cela me rassure, de savoir que je peux comprendre, et être compris, par un petit brin de jeune fille qui me plaît. Qui me plaît beaucoup. Trop.

J'en mourrai.

Amélie possède le plus joli petit nez, les lèvres les mieux ciselées, les yeux les plus profonds. Des pensées aiguisées, quoique des plus éthérées. Amélie est un vide que j'ai comblé. Une forme d'équilibre que j'ai trouvé. Instable mais existant.

— Et toi, que fais-tu la journée ?

— La journée je ne fais que penser. Penser à ma petite fée.

Et puis je compte les heures passées à y penser, à attendre la nuit, le moment où je te verrai.

J'écris, aussi. Enfin, j'écrivais, avant de te rencontrer pour de vrai.

— Tu écris ? Tu es écrivain alors ?

— Pas vraiment. J'invente des contes seulement. Des contes pour les enfants. C'est pour ça que je suis ici. J'écris un conte de fée. J'essaie.

— J'aime les contes. Et j'aime encore plus les fées.

— Je le sais. Plutôt, je le sens. D'ailleurs, je me demande souvent si tu ne fais pas partie toi-même d'un conte de fées ; que peut-être tu as créé. Et j'ai la sensation parfois de faire tache, dans cet univers onirique. Une ombre, dans un monde éclaboussé de couleurs.

Peut-être est-ce la réalité ? Peut-être es-tu vraiment une fée ?

Un long silence. Elle ne m'a pas répondu. Quand j'y repense, je ne sais toujours pas si elle a réellement existé, si je ne l'ai pas inventée.

— Je suis fatiguée, m'a-t-elle dit.

Et nous nous sommes allongés, l'un contre l'autre. Sur un tapis de feuilles fraîches et caressantes.

Doux contre la main. Je t'aime, comme un papillon de velours. Ma fée.

Je me serre au creux de ton petit ventre-tambour. J'entends battre ton cœur. Mon petit cœur.

Je t'aime.

Tu te blottis contre moi, épousant la ligne invertie de mon corps. Tu heurtes mon âme.

Des lames de tendresse me déchirent doucement.

Je savoure ces lancées d'affection. Exquises cicatrices qu'elles me font. Pour me souvenir – plus tard – qu'un jour tu m'as lacéré de ta tendresse.

Aujourd'hui, plus beau jour de ma vie.

La peau m'a quitté. Même plus les nerfs, c'est mon Moi que tu émeus.

Je t'aime.

Toute cette tendresse que tu répands ; presque difficile à supporter.

Tu es mon bourreau, sous tes traits de dentelle.

Ton ronronnement restera à jamais. Murmure d'outre-tombe, m'accompagnant dans l'outre-monde.

Je m'endors, enveloppé de cette douce musique, emmitouflé dans ton affection, ton amour.

Amélie, quel bon sens nous avons eu de nous croiser. D'entrelacer nos chemins, nos destins.

Comment aurait-il pu en être autrement ? Nous n'aurions pas pu vivre éternellement, sans cette intervention de la destinée. Nous nous serions attendus, longtemps, doutant peu à peu de l'existence de l'un, de l'autre. Dépérissant.

Non, ce ne pouvait être qu'ainsi. La preuve, nous voici.

Longtemps, oui, j'ai attendu cet instant ; celui-ci. Il dure un moment. Éternellement, je le souhaite, pour l'après.

Car oui, enfin, je crois avoir trouvé. Et je souhaite de tout mon cœur ne pas me tromper. Il y a tellement d'âmes, de cœurs, de corps, autour.

Mais toi, tu es là. Et c'est le bon sens de Dame Chance. C'est elle qui a décidé. Et je lui en suis reconnaissant.

Je t'aime ; j'espère pour un très long moment. Infiniment.

* *
*

Lorsque je me suis réveillé, le jour n'était pas complétement levé.

Amélie n'était plus là. Elle s'en était allée, la magie et la douceur avec ; ce qui avait eu pour effet de m'extirper d'un sommeil profond.

Cela m'a réellement contrarié.

Alors j'ai décidé de rentrer.

Sur le chemin, j'ai croisé la jeune fille de l'hôtel. Celle avec le porte-clefs au soleil qui sourit.

Je ne sais pas vraiment ce qu'elle faisait de si bonne heure.

Mais je sais ce qui lui est arrivé.

PsYché l'a tué. Je l'ai vu, l'acte entier.

Les ombres me suivaient comme à leur habitude.

Et Lui s'est détaché ; s'est arraché à mes pensées. Il s'est approché de la jeune fille.

Je ne sais pas exactement de quelle manière j'ai su, mais j'ai compris qu'il était PsYché. Une certitude, ancrée au plus loin de mon être. Comme si je le connaissais depuis des années ; depuis toujours.

Je n'ai pas vraiment saisi ce qui s'opérait. Il l'a touchée, d'abord avec douceur.

Puis il a fixé son regard au plus profond du sien.

Là, il lui a parlé. Ses lèvres n'ont pas remué ; mais j'ai senti qu'il lui parlait. Des mots que je n'ai pas entendus, compris, tout était confus à ce moment.

Les yeux de la fille se sont ouverts subitement, plus qu'il n'était possible de le faire. Ils se sont écartés, tout près de se déchirer.

Puis tout son corps a été parcouru de soubresauts. La jeune fille tremblait, par spasmes irréguliers.

Elle a tendu les bras dans un réflexe de survie, une lutte inutile, dérisoire.

Enfin, quelque chose s'est éteint. Peut-être son âme.

Elle s'est écroulée lourdement sur ses genoux, qui ont craqué, produisant un son sec macabre. Le haut du corps a suivi le mouvement, vers l'avant, avec la même violence. Son visage a percuté le sol, et tout s'est arrêté.

Toute la scène s'est déroulée comme dans un rêve.

Et j'ai réalisé subitement ce qui se passait. Brutalement.

Irréversiblement.

PsYché l'a tuée.

J'ai eu peur, alors. La panique a jailli, m'a sauté à la gorge.

J'ai couru, sans chercher. J'ai voulu appeler, mais qui ?

Amélie ?

Je suis rentré en pressant le pas, nerveusement, sans regarder derrière ; je ne le fais jamais. Je ne savais plus où j'étais. La réalité, le rêve ?

J'ai fermé la porte à clef. Me suis isolé.

Devant le miroir, je me suis passé de l'eau fraîche sur le visage, cloîtré dans la salle de bain.

Et j'ai vu mon ami dans ce miroir, mon reflet, qui m'a dit :

— Je ne suis pas surpris. Je ne crains pas de mourir. J'ai juste oublié pourquoi je vis.

Je n'ai pas compris. J'avais peur, vraiment peur. J'étais terrorisé, comme cela m'arrive rarement ; presque jamais.

Et j'ai réfléchi, toute la journée, à ce qui s'était passé.

Plusieurs heures j'ai oublié Amélie.

...

Mes amis ont tué. Les habitants de mon esprit. Des assassins ; des meurtriers. Je n'oublierai jamais.

Cela s'est passé d'autres fois encore, après.

# Le marais

*« Tous les hommes ont peur… Celui qui n'a pas peur n'est pas normal ; ça n'a rien à voir avec le courage. »*

Jean-Paul Sartre.
*Esquisse-théorie des émotions.*

Deux jours entiers j'ai dormi. Et deux nuits. Sans revoir Amélie.

Errant entre sombres rêves et triste réalité. Naviguant sur la fine passerelle reliant les deux mondes.

Sur le fil.

Deux jours et deux nuits comme pris d'une fièvre fulgurante, délirant dans mon lit d'hôtel, mouillant les draps d'une sueur glacée.

Finalement, le manque d'Amélie m'a sauvé, m'a forcé à sortir de cet état. Pour ne pas la perdre. Il fallait que je la voie.

Cela fera trois semaines demain que je suis ici, dans cette contrée de fables, de mythes et de légendes.

Et malgré les derniers événements que je ne parviens toujours pas à m'expliquer, je me sens mieux. Je me sens mieux depuis Amélie.

J'ai la certitude que ce petit brin de fille m'aide à trouver un certain apaisement, quelque chose que je ne connaissais pas. Et j'apprécie ça.

Ofeli ne m'apparaît plus ces derniers temps. Sans doute parce que je ne suis plus seul. Ma compagne de solitude a moins de raisons de me rendre visite.

Elle me manque un peu, même si c'est peut-être mieux ainsi.

Je sais qu'elle n'est pas loin malgré tout, prête à se manifester si besoin.

Les ombres ont disparu elles aussi, depuis la jeune fille au soleil qui sourit. Je m'en porte mieux. Mes démons – c'est à cela que je les assimile – m'ont déserté.

Eux ne me manquent pas.

Qui peuvent bien être ces personnages qui me suivent, qui disent être mes amis ?

Qui ont tué, sans un souci. Sans sourciller. Et quel est ce lien qui nous unie, dont ils m'ont parlé ?

Je ne me sens pas prêt à les suivre, comme ils me l'ont proposé.

J'aimerais ne plus jamais les revoir.

\* \*

\*

Ne saurais-je point sentir la sensation
De pénétrer ces yeux marrons ?
La couleur des étoiles dans le fond,
Quand on y réfléchit.
Sans leur réflexion ;
Cette action irréfléchie
De renvoyer des rayons.
Non, pas cette apparence qu'elles ont.
En fait les étoiles sont de couleur marron.
Comme les yeux de ma fée.
Et je sais qu'elle le fait exprès
D'avoir les yeux si profonds.

Amélie m'inquiète, depuis quelque temps. Elle change.

Alors que le calme envahit mon esprit, elle prend l'exact pli inverse.

Ma fée qui irradiait une sérénité singulière bien propre à elle, semble tourmentée maintenant, habitée par de sombres pensées. Son visage s'est transformé, ses traits se sont crispés. Ses mots si doux, si aériens, se sont ternis.

Sa douce folie s'est changée en quelque chose de plus grave, presque inquiétant.

Elle m'a parlé de faits à plusieurs reprises, que je n'ai pas compris. Ce n'était pas ce langage secret, crypté, qu'alors je percevais. Ces mots insensés, si sensibles.

Non, là c'était quelque chose de plus concret, mais qui m'a paru chaque fois absurde, dément.

Elle parlait de quelqu'un, et l'appelait « tu ». Mais ce n'était pas moi, vraisemblablement. Elle semblait me prendre pour quelqu'un d'autre, que je ne suis pas, assurément. Je le saurais.

J'ai cru la voir, un après-midi, à une terrasse de café ; en train de converser avec des gens, des étudiants. Mais ce ne pouvait pas être elle. Amélie n'est pas comme ça.

Amélie m'inquiète depuis quelques temps. Elle change.

Un changement d'état. Un état d'âme, peut-être ?

…

La forêt… Toujours ce même lieu. La nuit ; le même moment, et pourtant…

Je me sens rassuré, et dans le même temps légèrement angoissé.

Sa maison, qu'elle ne semble plus habiter depuis un moment. Elle vient de moins en moins souvent.

Elle a changé, depuis la première fois. Elle change, chaque jour passant. En ce moment ; demain.

Je l'attends dans la pénombre. Ne sachant pas vraiment si elle viendra. Mais je ne m'en fais pas. Qu'elle vienne ou qu'elle ne vienne pas, peu m'importe, finalement. Je n'ai pas foncièrement envie de la voir. Je me sens suffisamment bien, seul, ici. En compagnie d'Ofeli. Car je sais qu'elle n'est pas loin, comme chaque fois que je suis seul. Même si je ne la vois pas, je la sens.

Toute proche ; à la lisière de la forêt. À la frontière de mon esprit.

Je me sens bien, quoique légèrement angoissé, sans pouvoir m'en expliquer la raison.

Des bruits de pas, un craquement de bois ; le frémissement de la mousse. Des pas légers, incertains, qui se dirigent vers moi.

Ce n'est pas Ofeli. Ofeli ne fait pas de bruit.

Amélie s'approche de moi. Petite ombre fluette, glissant pas à pas.

Sa mine est triste, ses yeux sont fixes, comme depuis quelques temps.

Son pas est mal assuré. Elle sait où elle va, mais elle ne sait pas où ça la conduira.

On dirait qu'elle a peur de moi, et qu'elle n'ose pas me dire ce qui ne va pas. Car quelque chose ne va pas.

Elle n'est pas la même. Une personne différente. De même que moi, je suis Moi.

Elle ne me parle pas. Ce qui aggrave son cas.

Je lui tends le bras.

Et elle saisit ma main, craintivement.

Et là, je suis bien. Le contact est fait. L'essentiel peut passer. L'essence même peut couler. Puiser au fond du ciel. L'âme. S'emparer de sa sérénité. Mes doigts sont engourdis. Les siens aussi.

Il ne reste plus rien.

Et je suis bien.

Elle est effrayée. Je le sens, sans la regarder.

Et nous marchons ainsi, sous une pluie d'été, sous une lune absente.

Quelqu'un a volé la lune, ce soir.

— Ta maladie me ronge ; je ne peux plus supporter.

C'est tout ce qu'elle a dit.

Je n'ai pas compris.

Elle ne m'a pas regardé. Ses yeux étaient inondés de pluie.

C'est ainsi que cela s'est passé ce soir-là.

Et nous nous sommes quittés, sans voix.

...

(« Et cela s'est passé d'autres fois, après. »)

Lorsque je rentre, contrarié par ce que m'a dit Amélie, un fait similaire à la jeune fille au porte-clefs se produit.

Là, c'est quelqu'un que je ne connais pas. Une personne sans identité.

Et cette fois-ci, c'est un autre personnage que PsYché qui est à l'œuvre.

Je marche dans la nuit, sans un bruit.

J'entraperçois par intermittence ce personnage qui suit une personne ; une fille en quête de secret, d'identité, qui cherche à s'effrayer. Seule, dans cette nuit et nulle autre après.

Elle, elle ne voit pas ce fait qui tient de l'onirique, du fantastique.

Lui, une ombre astrale, flottant dans l'éther, sur des courants d'air au goût âpre de haine et de honte mêlées. Le parfum du regret, déjà, avant d'avoir commencé.

Il y a un crissement dans l'espace. Un son strident. Le cosmos est déchiré, un bref instant.

L'attention de la jeune fille est captée immédiatement. Elle ne voit qu'un éclair, d'abord.

Puis rapidement, la lumière est happée par un élément plus important. Une ombre chargée de tourments se découpe au-dessus d'elle, là où jamais l'on pût songer être tracassé. Elle ne perçoit qu'un bref instant quelque chose de flou, d'indistinct. Au moment même où elle sent un corps froid s'insinuer dans son cou. Un corps froid et tranchant. Une lame, glissant sur ses cordes vocales, l'empêchant de saluer l'étranger.

L'empêchant de hurler.

L'étranger à ce monde, cette chose immonde. Étranger à ses pensées, qu'elle a juste le temps d'emporter de l'autre côté. Une image figée, brouillée par sa crainte, sa douleur.

La lame glisse, fluide. Il y a un voile noir, puis le sang coule.

J'ai tout vu, tout observé ; comme si je le vivais, ce délit meurtrier.

Et cette fois-ci, je n'ai pas eu peur.

Bien au contraire, même. J'ai presque ressenti une forme de satisfaction.

L'espace d'une sublime seconde, j'ai compris ce que pouvait être le plaisir d'éteindre une vie.

Par une sorte d'échange de pensées, durant un bref instant j'étais l'auteur de cet acte dément.

J'ai immédiatement regretté d'avoir eu ces pensées. D'avoir apprécié.

J'ai éprouvé un sentiment de honte, de culpabilité.

Je ne sais pas ce qui s'est passé.

Je suis rentré d'un pas pressé, inquiété par cette insensibilité momentanée – ou peut-être, une sensibilité inversée – celle du meurtrier.

Je me suis même retourné – alors que je ne le fais jamais – afin de vérifier que personne n'avait pu être témoin de ce méfait, et surtout de ma réaction insensée.

Arrivé à la chambre d'hôtel, j'avais totalement oublié ce que m'avait dit Amélie.

Je suis resté éveillé toute la nuit, obsédé par la grâce de ce spectacle ; souhaitant qu'il se reproduise.

L'éclat, la séduction. Mes rêves furent bons.

…

NevroZ est resté plusieurs heures ainsi, dans cette nuit unique ; antique bien assez tôt. À réfléchir, à penser. Il ne sait faire quasiment que cela.

Ressentir aussi. Et échanger le peu qu'il a : ses émotions, son état. Ne l'oubliez pas, car vous le croiserez, peut-être.

Son état actuel lui plaît.

Depuis qu'il a rencontré cette jeune fille, cette fée, il baigne dans un plein sentiment de calme, de sérénité.

La seule personne qui ne s'était pas effrayée à son approche. Qui l'avait accepté tel qu'il est. Il a enfin trouvé ce qu'il cherchait.

Il n'avait jamais connu ça avant.

Oh bien sûr, il a eu quelques difficultés à adopter cette disposition à ne plus se sentir mal, angoissé. Mais il s'y est fait.

Or, depuis peu, les choses ont tourné. L'état de la fée a changé, elle n'est plus vraiment la même.

Elle a peur à présent.

L'aptitude de NevroZ à interchanger les états d'âmes semble avoir touché Amélie. Cela dégrade son état un peu plus chaque fois qu'il la voit.

Elle lui a offert sa douceur, sa quiétude. Mais lui n'avait que tourments en échange ; la terreur, le chagrin.

Autant de douleurs.

Pourquoi ne pourrait-il pas la changer, la rendre comme elle était ? Lui offrir l'apaisement, comme elle l'a fait pour lui ?

Pourquoi ne pourraient-ils pas finalement être bien, tous les deux, sans fin ?

Un prêté pour un rendu ; un échange toujours juste.

L'équilibre, il ne peut le trouver que dans la justesse des proportions empruntées.

C'est une malédiction.

Il n'avait jamais été aussi bien, mais la fée est au plus mal.

Elle ne reviendra jamais comme avant, il le craint.

Or pour lui, l'effet est différent : son état primaire remonte, doucement. Sa véritable identité.

Est-ce l'humeur d'Amélie qui déteint sur lui, glisse délicatement ? Comme si après toutes ces années de douleurs, de tortures morales, de turpitudes mentales, il n'avait toujours pas droit au repos. Ou trop peu de temps ; juste le temps qu'il faut, pour qu'il sache ce que c'est.

Le mal sera plus grand, maintenant qu'il sait.

Elle, ne reviendra jamais comme avant.

Elle n'était pas préparée. Tous ces soucis, ces déchirements.

NevroZ a mal, maintenant ; pour le tort qu'il a fait, et celui qui lui sera infligé, à nouveau. Une plaie de plus, qui ne cicatrisera jamais.

\* \*
\*

— Je sais qui tu es… J'ai vu.

Tu as tué.

Amélie, une dernière fois. Toujours dans ces bois. La lune n'est toujours pas là. Le voleur ne l'a pas rendu me dis-je intérieurement.

— J'ai tellement froid. Et puis j'ai peur de toi. Tu es malade ; tu es un meurtrier.

Toutes ces paroles, d'un seul faisceau. Sa voix m'irrite, m'agace. Elle me lasse.

J'essaie de la raisonner. Elle est tourmentée, bien. Mais mon tourment est plus grand.

Sa voix dérape, les mots s'échappent, débordent ; me mordent.

Quels sont ces dires fantasques, déplacés, qui sonnent creux ? Ces emphases.

Ses yeux n'expriment plus que le doute, la crainte que j'ai pu la tromper.

Mais je ne l'ai pas trompée ; je l'aimais.

Je lui ai dit, l'ai juré.

Elle ne peut que se tromper. Ça ne peut pas être vrai.

Je tente de lui prendre sa main, la dernière chose à laquelle je puisse me raccrocher.

Elle sert sa paire de ciseaux très fort ; manque de se blesser.

J'essaie de la convaincre que je ne comprends pas. Je ne sais pas, tout est tellement nébuleux. Je suis perdu.

Alors, elle m'a raconté. Cette fille qui se promenait. Cet homme au couperet, qui la suivait. Moi ; elle l'a affirmé.

Elle m'a dit qu'elle m'avait suivi, comme elle le faisait chaque fois. Maintenant je sais où elle était, tous ces moments-là.

Mais je ne sais pas où j'étais, moi, à d'autres instants. J'ai tenté de démentir ces accusations, de défaire ces calomnies. Mais je n'étais pas certain moi-même de la fiabilité de mes affirmations.

L'idée a germé, insidieusement, que peut-être Amélie avait raison. Que j'étais un meurtrier. J'ai repensé aux sensations de cette nuit, où la jeune fille a été tuée. Tout avait l'air si vrai, tellement réel.

Ces êtres seraient-ils plus que des amis, finalement ? Moi, ou plus précisément des parties de moi, que je ne contrôlerais pas ?

J'en ai parlé à Amélie, sachant qu'elle pourrait comprendre. Nous en avions parlé, jadis, la première fois. Elle m'avait dit qu'elle aussi avait des amis. Mais les siens sont plus gentils.

Et je crois qu'elle m'a entendu.

Et j'ai compris, aussi, pourquoi elle avait changé à ce point, depuis la première fois.

Ses larmes ont séché. J'ai caressé sa joue, si douce, si chaude, avant. Plus maintenant. Je lui ai dit de ne plus s'effrayer ; que maintenant je savais.

Et elle s'en est allée, à travers la forêt.

Les nœuds semblent se démêler.

Je sais qui sont ces êtres, ces ombres ; les habitants de mon esprit.

Ces souvenirs embrumés, angoissés ; je pense deviner ce que c'est.

Alors, j'ai marché. Je ne pouvais rien faire d'autre.

J'ai réfléchi ; j'ai broyé toutes mes idées, afin de remettre tout bout à bout. Éclaircir toute opacité. Savoir la vérité, ne pas me tromper.

Des flashs sont intervenus ; me sont revenus. Ces visions bien connues. Je les prends comme des bribes de mémoire retrouvées, maintenant ; des secrets qu'il me faut garder. Seule Amélie sait.

Mais d'infimes morceaux d'images me reviennent seulement ; rien de très précis. Des choses que je ne suis pas sûr d'avoir commis. Ce sont mes amis, qui ont agi.

Me voilà rassuré.

* *
*

J'ai noyé une jeune fille, hier.

Je n'y tenais plus ; il le fallait.

Ofeli me le soufflait à l'oreille depuis trop longtemps.

Tout ce vert. Ce vert.

Ce vert.

Pas la lumière ; plutôt la mort. La végétation étouffante, moite.

Le marais. Oui, c'est ça, je suis arrivé au niveau du marais.

Ofeli, pourquoi fais-tu cela ? Pourquoi cet endroit ?

Amélie, ma douce, est avec moi, ses ciseaux serrés entre ses doigts.

Elle ne comprend pas, pourquoi je fais cela. Je voudrais lui dire, moi, que c'est toi. Mais elle ne m'entend pas.

Son iris s'est dilatée. La peur s'infiltre par son œil, s'y répand. Ces yeux, si profonds.

Si profonds…

Les nerfs s'enroulent, s'entortillent ; se tendent, puis se déchirent. L'effroi fait éclater ses cordes vocales. Tant mieux, tu ne veux plus l'entendre.

Je l'aime, moi. Peut-être un peu trop pour toi. N'ai-je pas le droit ?

Ofeli, je ne te reconnais pas. Tes traits d'habitude si doux ont changé. Ils expriment la haine à présent.

La jalousie, peut-être ? Tu es jalouse d'Amélie ?

Elle n'y est pour rien. Pauvre fée.

Mes bras la maintiennent fermement, malgré moi. C'est toi qui me forces à faire ça.

Mon corps n'est plus que l'extension de toi, et tu l'utilises pour assouvir ta haine.

Tu plonges Amélie dans le liquide d'émeraude qu'est le marais.

Le vert l'envahit maintenant. Le marais pénètre son corps. Le silence qu'elle hurle, son impuissance, transperce mon cortex. S'arrête un moment ; pour l'éternité.

Son regard écarté, ouvert à jamais, pose cette question :
Pourquoi ?

Je te la renvoie, Ofeli, cette question.

Elle, ne le saura jamais.

Moi, je le sais.

Les dernières bulles d'oxygène éclatent à la surface de l'eau viciée, laissant en suspens ce hurlement silencieux, mélange de peur et d'incompréhension. Et le tourment de ne jamais savoir pourquoi. Je l'ai tuée.

— Ofeli, qu'as-tu fait ?

C'est toi qui l'as tuée.
Amélie n'aurait jamais dû m'aimer.

Pourquoi ne pourrais-je point dormir à jamais ?
Rêver pour l'éternité ?

* *<br>*


Je n'ai pas réalisé tout de suite qu'elle n'était plus là. Qu'elle ne serait plus jamais là.
Que je l'avais perdue.
Ma fée.
Car je suis convaincu que c'était une fée. Avec les ailes cachées à l'intérieur.
Et même si ça ne se voyait pas, si nul n'était au courant, moi, depuis le premier jour, je le savais.
Lorsqu'enfin j'ai admis qu'elle était partie, un énorme vide s'est ouvert, profond comme l'étaient ses yeux. Une douleur au cœur. Une trouée, s'ouvrant chaque seconde passant.
Jamais je ne supporterai, ce mal, ce vide. L'absence de ma fée.

Une percée dans l'air. Déchirement d'espace. D'un espace donné. Le mien ; le sien ?
Lacéré, l'éther, par une lame affinée, un couperet aiguisé ; l'aile d'une fée.

Une brèche, un trou béant, d'où s'échappe un firmament, étoiles d'argent.

Autant de pensées ; de tourments.

Mon esprit s'évapore, se remémore. Irréversiblement maintenant.

L'intangible prend son essor.

Et bientôt je ne saurai plus, ne serai plus. Qu'une carcasse vide, demeure des vents.

La boîte de Pandore est ouverte – serait-ce un tort ? – et jamais ne se refermera ; la déchirure est trop grande.

Le mal est fait.

Rien qu'une aile de fée, au tranchant aiguisé.

Qui même pas n'existait, ou fort bien cachée ; à l'intérieur d'un être qui m'a semblé bien trop parfait.

Assurément, elle l'était.

M'a été fatale ; m'a fait mal. M'a taquiné ; m'a brisé.

Et je n'ai plus qu'un faible souvenir maintenant, d'un être bien trop pensant ; sensitif, trop émotif, qui était moi.

Une tendre pensée pour cette fée ; ce rêve. L'irréalité.

Et plus faible encore, l'image d'un deux, d'un tout.

D'un Nous.

\* \*

\*

De retour dans ma chambre sordide, une fièvre terrible m'habite tout le restant de la nuit.

Je ne peux plus faire quoi que ce soit. Ni me mouvoir, ni dormir, ni même penser. Une stupide grippe en plein mois d'août. Assurément le résultat de toutes ces nuits passées dans la forêt.

Grâce à Amélie, la bête sommeillait depuis quelques temps. Plus rien ne me tourmentait.

J'ai failli tout oublier.

Elle attendait, patiemment ; le bon moment.

Elle s'éveille, maintenant, sortant de sa courte léthargie.

Lentement, elle resurgit, sort de son antre. Me laboure le ventre.

Je l'entends qui murmure, qui gémit ; un gargouillis. Prendre possession de mon esprit.

Mes délires ne sont pas des délires. Ce sont ses cris. Son agonie. La souffrance d'une renaissance. La douleur d'être enfantée, à nouveau. Avec un pouvoir plus grand ; une volonté renforcée. De nuire, d'aimer, de se défendre.

Une entité fortifiée.

Ma vision n'est plus la mienne ; c'est la sienne. Son regard m'ouvre au monde, à nouveau. À son monde.

Mes démons sont venus me visiter, à nouveau.

Enfin ! Je les attendais.

Ils se sont installés.

Qu'ils viennent, ce sont les bienvenus à présent !

Les ombres se sont étalées, ont rempli l'espace. Mouvantes, grouillantes, elles ont tapissé la pièce de multiples nuances de noir. Plus aucune miette d'air respirable. Elles se sont infiltrées par chaque orifice de mon esprit. Je les ai absorbées.

Elles m'ont possédé, par l'intérieur.

Et je les ai acceptées.

Mais ce n'est plus moi.

Vous êtes les bienvenues.

Ou plutôt, ce n'est que moi. Entièrement moi. Nu. Moi, et tout ce qui me constitue.

En ce jour, j'ai pensé que j'étais Moi, et nul autre.

# Le grenier

L'illusion n'est qu'une réalité personnelle,
Et s'apparente au langage de l'esprit.

Alors, j'ai dû m'en aller. Je n'avais plus aucune raison de rester.
J'ai rencontré une fée, mais mon bouquin n'a pas avancé.
C'est un sujet finalement trop compliqué pour les enfants.
Et je ne crois pas qu'il soit de bon ton de rester sur les lieux du péché, dans la peau du meurtrier qui plus est. Certains vont me chercher, sans nul doute, pour partager leur ressentiment.
Il me faut fuir à nouveau. Comme je l'ai fait, plusieurs fois. Enfin je crois.
J'ai tout laissé ; mes notes, mes croquis, les photos. Je ne voulais plus y penser. Seul sa paire de ciseaux ne m'a pas quitté.
J'ai marché, je ne voulais pas me mêler aux gens.
Des kilomètres durant, j'ai longé les chemins, arpenté les fossés. Me suis confronté aux ronces et aux cailloux. Me suis

caché, parfois, pour ne pas croiser de regards persistants. Je ne supporte plus les gens.

Atteindre la gare à pied m'a pris longtemps, mais je n'étais pas seul, et j'ai pu prendre le temps de mieux connaître mes occupants. Ma famille. Nous avons conversé.

…

Lorsqu'enfin j'arrive aux abords de la gare, la nuit a tout recouvert.

L'unique train pour Paris passe à minuit. Il est 22h10. Je n'ai rien à faire d'autre qu'attendre. Seul, en compagnie de mes amis, de mes pensées.

Il n'y a personne ici.

Tout est calme. Seulement le bruit du néon depuis des heures.

L'attente me tend les nerfs. Les tend plus, chaque minute qui s'écoule.

Un chien aboie, au loin. Il m'agace. Je ne peux plus penser.

L'anxiété resurgit. Mon anxiété, ma chère amie. À chaque attente, je te vois qui me sourit.

Et là, tu n'as jamais autant ri. Tu te moques de moi ; me montres du doigt.

Tout à l'heure, j'ai repensé à Alicia. Lui était-il arrivé de se rendre à nouveau à notre rendez-vous fictif ? M'avait-elle attendue ? Qu'était-il advenu d'elle ?

C'est étrange, j'ai le sentiment qu'Ofeli va apparaître ; surgir à l'instant. Une sensation sinistre, qui me met plus mal à l'aise encore.

…

Le train, enfin. Je m'y engouffre avec pour seul bagage mes passagers personnels, agrégat instable d'alter egos.

Il n'y a quasiment personne. Quelques âmes solitaires, dispersées dans chacun des compartiments. Aucun n'est vide, malheureusement. Je m'installe donc dans le moins plein, en essayant de faire abstraction des occupants.

Mes idées ne sont pas très précises. Tous ces faits, ces nuits blanches, cette attente ; cette fée.

Je l'ai tuée.

Je n'arrive toujours pas à réaliser.

Amélie… Tu n'es plus là depuis peu. Tu me manques déjà. Je ne me rendais pas compte, à quel point tu contes de fée.

Ta présence était devenue indispensable à mon bien-être ; à ma survie. Comment faire lorsque tu n'es pas là ? Que vais-je faire quand tu ne seras plus là, demain, l'an prochain ?

La solitude, à nouveau.

Je n'ai plus l'habitude, l'aptitude, comme avant, à rester toujours seul, m'isoler.

Tu m'as fait changer ; et je crois que je ne peux plus supporter. Le silence, le vide. Trop de pensées, de tourments, en ces instants.

Tu ne semblais pourtant pas grand-chose, aux yeux des gens. Une jeune fille, simplement.

Ma fée, vraisemblablement.

Un jour seulement que tu n'es plus là. Et je sens le goût du vide, l'odeur des jours qui viennent, sans toi.

Une plaie ouverte. Qui sera plus grande encore, très certainement, dans moins d'un an.

Les fées n'existent que dans la tête. Il faut les créer.

J'ai détruit la mienne.

Alors je suis seul, à nouveau.

Il me faut l'oublier.

Je ne crois plus aux fées.

Seul, comme je l'ai toujours été. Comme je le serai, à jamais.

Je n'ai aucune appartenance à aucune chose. Je n'appartiens à rien, et rien ne m'appartient. Je ne possède rien ; rien ne me possède. Je ne suis rien, personne, et personne ne suit mon chemin.

Je suis moi, et nul autre, et ne tiens en aucun cas à partager le devenir de quiconque. Je n'appartiens à aucune caste, aucun groupe, aucune tribu, peuplade ou meute. Je n'ai de famille que les sentiments qui m'habitent.

Je suis seul, avec cette escorte fantôme, ce cortège funèbre. Une mauvaise compagnie.

C'en est presque cynique.

Et je fais un vœu : puissé-je demain être un petit garçon, à nouveau. Que tout cela soit terminé.

Qu'il me manque l'essentiel à toutes ces peines.

La réflexion.

…

Un homme est entré, lorsque je dormais, me sortant de mon état d'anesthésie passagère dans laquelle j'avais sombré.

Je me suis réveillé agacé. Mon vœu n'était pas exaucé.

Il m'a regardé, m'a fixé. Comme s'il me connaissait.

De toute évidence il ne me connaît pas.

D'aucune façon il n'a le droit de me regarder comme cela.

Puis il m'a parlé, sur un ton que je n'ai pas apprécié. J'ai tenté de lui expliquer, que je souhaitais simplement dormir, oublier.

Alors, il a ricané.

Je n'ai pas supporté. PsYché l'a tué.

Tandis que je restais assis, PsYché s'est levé ; s'est détaché de ma pensée, la sienne de ce fait. Nous nous sommes séparés. L'homme en face de moi n'a pas compris tout cela. Moi je savais, je commence à comprendre, à m'habituer. Un processus bien huilé.

Tout s'est passé très vite. En un instant, la vie l'a quitté, emportée par cette entité ; une de mes moitiés.

Et j'ai apprécié, cette fois encore. J'ai pris plaisir à le sentir mourir.

J'ai pris mon pied.

Je suis un meurtrier, c'est une fatalité.

Pourquoi ne pas en être satisfait, maintenant que je sais, que j'ai accepté ? Cette sensation d'être un dieu, en décidant de la mort d'autrui. Une jouissance instantanée.

Et puis cet homme aurait pu être le meurtrier d'Ofeli, aussi. Et j'ai juré de la venger.

Je crois que j'aime mon nouveau métier. Une mission. Je suis un missionnaire ; c'est cela. Aucun reproche à me faire.

*  *
*

Paris, le jour n'est pas encore levé. Des pompiers sur le quai. Un homme a fait un malaise dans mon train durant la nuit, retrouvé inanimé. Attaque cardiaque. Moi seul sait que ce n'est pas la vérité.

Je rentre en marchant de la gare Montparnasse, encore tout enveloppé de la magie de mon acte sacré.

Une fois au pied de mon immeuble, je reste figé ; il y a de la lumière à la fenêtre de mon appartement.

Ce ne peut être que lui, ça ne fait aucun doute. Le Croque-Mitaine, cet imposteur. Toujours là, à renifler, à creuser dans mon inconscient ; à chercher des relents de peur, à tenter de m'effrayer.

Je n'ai plus peur de lui. Je suis aussi puissant maintenant. Je pourrais le tuer.

S'il savait.

Je monte les escaliers en urgence. J'ai hâte qu'il sache. Qu'il soit angoissé, apeuré, lui aussi.

Comme je l'étais de lui.

Il n'y a personne dans l'appartement. J'inspecte chaque pièce, bien déterminé à le trouver. Mais chaque pièce est vide, silencieuse. Je sens qu'il y était. Qu'il les a toutes arpentées. Qu'il m'a cherché.

Peut-être lui ai-je manqué ?

Il a sûrement senti qui j'étais devenu.

Il ne reviendra pas. J'en suis persuadé.

Je l'ai chassé. Comme l'on chasse les mauvaises pensées ; les frayeurs de l'enfance.

Je me sens plus léger.

…

Les choses concrètes font plus mal, sont plus lourdes à porter.

Mon livre n'est pas terminé ; je n'ai plus les moyens de payer mon loyer.

Ma propriétaire est venue me visiter pour m'en informer.
Elle m'a donné « un petit délai », afin de m'aider.
Je crois qu'elle m'aime bien.

Mais je ne supporte pas l'insistance avec laquelle elle me regarde, ni son sourire aguicheur. Ses manières me dégoûtent.

Malgré ça, je sens qu'elle est gentille et généreuse, au fond. Et je lui suis réellement reconnaissant pour ce petit sursis.

Malheureusement, j'ai beau me forcer à continuer cette fable sur les fées, je ne peux m'y résoudre. Je ne crois plus aux fées.

De toute façon je ne crois pas que cela intéresse les enfants, de savoir qu'il existe autre chose que leurs petites personnes. Il n'y a qu'eux qui comptent à leurs yeux. Aveuglés d'égoïsme qu'ils sont.

Je veux utiliser mon temps pour autre chose à présent.

Je me suis fait expulser, quelques semaines plus tard.

Des gens sont venus, aux mines tristes et renfermés. Ils ont pris tout ce que j'avais.

Seule la paire de ciseaux m'est restée, elle me suit partout où je vais. Ça, ils s'en moquaient.

Tout cela n'a plus aucune importance maintenant, car je sais où je vais.

J'évolue. Je progresse dans une direction bien déterminée.

Une quête ; une mission. Ma destinée.

Une route auréolée, pavée d'or et de diamants. Je n'ai plus besoin d'argent.

Mais il me fallait trouver un foyer, quelque part où loger.

J'ai bien connu des gens, il fut un temps, que je pourrais appeler. Mais il y a trop longtemps.

Je n'ai fait que passer dans la vie des gens. Et même s'ils se souviennent de moi, ils ne se doutent pas que j'existe encore. Je ne suis qu'un souvenir, un élément du décor.

Je n'existe plus pour personne, si ce n'est pour Ofeli, mon unique amie.

Alors, j'ai cherché ; j'ai arpenté les rues. Avec quelques sous restants, j'ai acheté à manger ; à boire surtout, ça empêche de penser.

J'ai trouvé un grenier abandonné, au-dessus d'un appartement délabré. Je m'y suis installé.

J'aime être près du ciel.

...

Et j'observe, maintenant. Tout le jour, je n'ai de cesse d'observer.

La contemplation. La vie comme je l'avais rêvée.

Observer les gens, les considérer, tel un dieu.

Juger, sans que personne ne me voie. Seul dans ma tour de bois. Les hommes et leur fierté crasse, tout autant que les femmes et leur beauté creuse. Je me sens tellement éloigné de cette masse d'êtres, de ce torrent ininterrompu d'individus anonymes.

Les humains et leur vacuité.

Je reste enfermé la majorité de mon temps. Je mange peu. Non par envie, mais parce que je n'ai rien.

Mon état de santé décline, et je souffre de mal de dos.

Je souffre moralement, aussi.

Car je ressens tout. Violemment. La vie de toutes ces personnes. Des milliers de sensibilités, de sentiments. Tous ces êtres sont victimes de leurs tourments.

Et tout cela émane de leurs carcasses, s'échappe, se répand. Éclabousse le pavé. Souille les rues.

Et m'atteint. En pleine face ; m'attaque, me glace.

Je déteste les gens et leurs foutus sentiments.

Pour eux, la mort n'est pas un châtiment ; c'est un service que je leur rends. Ils devraient s'incliner, me remercier.

Alors je sors de temps en temps, pour tuer. Pour que la douleur cesse quelques instants.

J'en ressens le besoin. C'est comme ça que je suis bien.

Condamné à tuer. C'est une seconde nature. Cela m'est devenu nécessaire, inévitable.

Il me faut la laisser aller, la laisser s'échapper, cette intuition.

Une affirmation.

J'aime tuer.

Je tue par plaisir, maintenant. Pour trouver le plaisir.

Cela a été une façon d'aimer pour moi, autrefois. Une forme d'expression.

Maintenant je tue parce j'aime tuer.

Peut-être pour retrouver cet état amour qui sait ?

Car je n'aime plus. Je ne parviens plus à aimer qui que ce soit.

Seule Ofeli a droit à cela.

C'est elle qui me demande d'agir souvent. Elle est insatiable. Elle veut retrouver celui qui l'a tuée. Alors mes amis prennent le relais. Mes démons internes, accrochés à mes pensées.

C'est un tourbillon de jouissance, de bien-être, de volupté ; parfois difficile à supporter. Une drogue. Un plaisir secret, que peu de personnes connaissent.

Un délice d'initié.

C'est bon de tuer. Autant que cela m'a été bon d'aimer.

Je n'aimerai plus jamais.

...

Mais les promesses sont faites pour ne pas être tenues.

Depuis mon poste d'observation, ma prison consentie, je t'ai vue passer.

Un jour de pluie, triste et gris, comme je les aime.

Althéa.

J'avais pourtant fait le serment de ne jamais plus aimer.

Et te voilà, sur la pointe des pieds.

Tu m'as pris par surprise, sans te retourner.

Ainsi, je t'observe passer sous ma fenêtre, chaque matin. Marchant à pas léger, toute enveloppée de ta beauté tragique, magique, presque cynique.

Évidemment, tu ne m'as pas vu, caché que j'étais. Tu ne m'as pas regardé.

Moi je t'ai dévorée des yeux. Me suis abreuvé.

L'univers renferme de si belles choses.

Je t'admire, depuis plusieurs semaines maintenant. J'attends chaque lendemain.

Je ne vis plus que pour ce moment. Cet instant où je te vois apparaître.

Une silhouette gracile, qui semble flotter, au milieu de tous ces passants pressés.

Bien qu'étant à une certaine distance de toi, je devine un visage d'une extrême délicatesse, marqué d'une douce mélancolie.

Je ressens, intimement, un être rare.

Alors, je me suis remis à aimer.

Doucement, indubitablement, la pointe s'est enfoncée, marquant ma chair, ma tête.

Mon âme.

Je me suis mis à penser, à nouveau. Mon esprit s'est focalisé, sur ce point, cet effet.

…

Penser à toi, toutes ces nuits durant. Et les jours, tout autant.

Ces nuits, qui m'ont semblé de plus en plus longues,

fractionnées d'un sommeil de plus en plus léger.

Espérer ta venue, attendre impatiemment ton entrée dans mon champ de vision, réduit à l'extrême à ce moment de ma vie. Pour quelques secondes seulement d'un bonheur précaire, furtif.

Les semaines passant, la frustration a rempli l'espace tout entier, dans ce grenier que je détestais. L'air en était devenu vicié.

Je suffoquais.

Je ne peux pas me contenter de rêver, d'espérer.

Ces quelques secondes quotidiennes d'un plaisir trop fugace ne suffisent pas à remplir le vide, les journées. Encore moins les nuits.

Il me faut te toucher, que tu deviennes réalité.

Entendre ta voix, et peut-être même te parler ?

\* \*
\*

Il a d'abord fallu changer mon aspect. J'étais devenu une bête, tapie dans les recoins d'un grenier qui empestait.

Un point d'eau publique et une lame de rasoir volée m'ont permis de retrouver mon visage. Des vêtements de marques empruntés à une de mes victimes nocturnes m'ont fait reprendre forme humaine. Je pouvais de nouveau m'intégrer à la société. Être assimilé.

Je l'ai suivie pour commencer.

Je ne suis pas très doué pour faire passer mes rêves à la réalité.

J'ai tout appris sur sa vie. Je suis devenu son ombre, talonnée par mes ombres multiples.

J'ai compris qu'elle fréquentait le quartier parce qu'elle y travaillait.

Elle venait en bus, qui la déposait chaque matin, et la reprenait en fin de journée.

Alors, je l'ai attendu, chaque matin, pour la voir descendre de ce bus, avec une grâce d'un autre monde.

Ma vie avait changé de texture, déjà.

Puis j'étais là après son travail, chaque fin de journée, assis près d'elle qui attendait ce bus.

Souvent je m'installais sur le banc des heures avant, et elle prenait place naturellement à mes côtés. Un enchantement.

Parfois, elle devait rester debout à cause du monde qui s'agglutinait. Je me levais et m'approchais d'elle discrètement.

Je sentais alors son odeur, un doux parfum sucré mêlé à sa sueur.

J'inspirais profondément, silencieusement, pour la garder en moi le plus longtemps possible, cet effluve divin. Je la sentais encore la nuit, lorsque trop de pensées me tenaient éveillé.

Il y eu cette fois où je parvenais à effleurer sa main, douce et délicate. Elle ne se rendit compte de rien.

Un jour elle n'est pas passée, j'en ai été profondément désespéré.

Elle était devenue indispensable à mon bien-être.

Et puis un soir, je suis monté dans le bus. Avec elle.

Elle habitait une petite ville de banlieue ordinaire, à une heure de son travail.

Une heure entière où j'ai pu l'admirer en secret. Me délecter de tant de grâce.

Une fois déposée, je l'ai regardée s'en aller, puis j'ai pris le bus pour retourner dans mon grenier.

Alors, chaque matin très tôt je suis parti jusqu'à cette petite ville de banlieue, et je l'ai attendue à son arrêt de bus. Pour être avec elle toujours plus.

Nous allions à son travail ensemble.

Je m'installais à une ou deux rangées derrière, pour pouvoir l'observer. Contempler son minois pendant qu'elle lisait.

Je m'émerveillais de la façon dont elle frottait son petit nez.

Et chaque soir, je l'attendais pour la raccompagner.

Je passais enfin du temps avec ma préférée.

Une nuit – je n'en ai pas dormi – j'ai eu cette idée fantastique, que j'ai mise à exécution le lendemain.

Ma paire de ciseaux en poche, je me suis installé juste derrière elle cette fois.

Malgré le monde, je suis parvenu à couper une mèche de ses cheveux, que j'ai glissée rapidement dans une enveloppe que j'avais prise avec moi. J'ai croisé le regard d'une femme qui semblait m'avoir vu, mais elle a immédiatement détourné les yeux.

La nuit je restais éveillé et caressais ses cheveux, les sentais.

Avoir toujours avec moi une partie d'Althéa me comblait au plus haut point.

Pendant quelque temps, du moins.

Très vite j'ai eu besoin de plus, je voulais rentrer dans sa vie.

Je décidai de rester dans la ville où elle habitait, après l'avoir raccompagnée.

Ainsi, depuis quelques jours, je la suis quand elle sort le soir. Elle sort beaucoup. Et a beaucoup d'amis.

Pour la première fois j'entends sa voix. Et je n'aime pas ce que j'entends. Ce timbre particulier, désaccordé. Quelque chose de brut auquel je ne m'attendais pas.

Elle fréquente régulièrement un amant. J'ai haï cet homme immédiatement.

Rapidement l'amant a été remplacé. Puis d'autres encore ont remplacé les précédents.

J'ai détesté ce qu'elle était alors.

Et cette haine a lentement surpassé l'amour que j'avais pour elle. Elle s'accumulait, grandissait chaque jour.

Ofeli aussi l'a détestée. L'a jalousée.

Elle voit beaucoup de gens ; beaucoup trop à mon goût. Et possède beaucoup trop d'amants. Je n'ai jamais détesté autant. J'avais envie de la serrer, l'embrasser, la pénétrer.

La tuer. Pour la première fois, je n'avais pas envie de tuer parce que j'aimais, ou parce que j'aimais tuer, mais parce que je haïssais.

Le plaisir de haïr.

Les fantasmes ont afflué.

Victime de mon arme ; mon arme est mentale. Dans ta colonne vertébrale. En plein centre de l'âme.

Je viens te voir ; te voler un moment, parmi tous ces gens à qui tu mens. Je tiens dans la main une paire de ciseaux. Et je me suis fait beau. Te la plante entre les seins, pour te faire du bien, et te dire à quel point je peux t'aimer. Profondément.

A quel point ça peut faire mal, d'aimer.

Un coup sec dans la cage thoracique. La lame ripe, glisse, s'enfonce lentement.

Traverse difficilement les muscles, s'arrête sur la colonne, un temps ; pas très longtemps. Une impulsion vers l'avant, et la colonne est perforée. L'âme s'effrite.

Un léger mouvement du poignet, de droite puis de gauche, émettant un faible craquement ; et le bruit des organes remuant, s'entrechoquant. Si doux à l'oreille.

Jouissif, excitant, que d'éliminer quelqu'un que l'on hait. Mais surtout de dos. Que tu ne vois surtout pas.

Et que tu ne saches jamais, qui a bien pu te tuer.

Maintes fois j'ai fait ce rêve. En secret. Des sensations douces à la pensée.

Et puis j'ai forcé le destin.

Je ne pouvais plus supporter de rester dans le secret, caché.

Ainsi, nous nous sommes croisés. Je t'ai enfin parlé. Je t'ai expliqué, que je te connaissais. Que tu te prénommais Althéa. Que je trouvais que c'était un joli prénom. Que j'avais envie de te griffer le cœur, te sucer l'âme jusqu'à la moelle. Ce serait un pur bonheur.

Tu m'as traité de fou. Tu m'as répondu que tu t'appelais Sally, et que tu ne me connaissais pas.

J'ai voulu te prendre dans mes bras, te serrer, t'embrasser. Te montrer, tout l'amour que je renfermais. Pour toi. Avant.

Tu vois trop de gens.

Tu t'es débattue, m'as griffé.

Tu m'as blessé.

Tu n'as rien compris.

Puis tu as pressé le pas, tu t'es éloignée de moi.

Je t'ai à peine touchée. Nous nous sommes simplement croisés, un trop court laps de temps pour que tu puisses m'aimer. Comprendre.

Elle ne m'a pas laissé le temps.

Elle m'a traité de fou.

Elle ne sait rien. Je sais qu'elle s'appelle Althéa. Je connais le nom de chaque chose. La signification aussi.

Althéa, Amélie, Ofeli. L'altitude céleste, l'âme, la folie.

Je sais tout cela. Ils m'ont appris. Mes amis.

Elle, je l'ai épargnée. Je ne la tuerai jamais. Et c'est peut-être celle qui l'aurait le plus mérité.

*  *
*

Je suis prêt à présent. Mon choix est fait.

Plus rien ne me semble digne d'intérêt, dans ce monde de superficialité.

Alors je choisis une autre forme de vie ; celle d'après.

Prêt à accomplir le passage.

Leur proposition me plaît. Les pouvoirs illimités de l'intériorité. La plénitude de se trouver, et de décider.

Les multiples possibilités de l'esprit.

Le repli sur soi. Le monde de l'Au-Delà.

Couper le contact avec le monde de Là.

De mon plein gré.

Tourner la clef, selon ma volonté. Le passage d'un état à un autre état.

M'ouvrir sur un autre monde, un vaste univers, aux possibilités illimitées, dont les frontières ne sont que celles de mon imaginaire.

Un monde personnel, infiniment plus intéressant que le monde extérieur.

Plus dangereux aussi, à n'en point douter.

Percer le secret. Décoder son esprit, et apprivoiser les gens qui y habitent, multiples déclinaisons de la personnalité.

Passer un seuil, une porte. Le passage vers le soi.

Est-ce cela la folie ?

Ofeli, il n'y a que toi qui compte pour moi. Car tu appartiens à ma famille, à mon monde. L'univers du vent.

Toute faite d'éther et de non-dits.

Tu es ma petite fée. Mon inconscient le plus enfoui.

Mon démon interne préféré.

Tu es ma douce compagne de solitude. Mon guide vers le monde de l'intangible, vers l'Être.

Tu es mon ange gardien. La clef des portes vers d'autres rêves.

...

Elle est la lune. Elle a constamment froid. Un froid intérieur qu'elle ne fait que suggérer. C'est une flamme éteinte. L'incantation muette d'une magie indéterminable, entre le noir, et le blanc.

Par quelle magie se sont dessinés les traits de ce visage si merveilleusement sculpté ? Car de ma mémoire, de ce que j'en sais, jamais elle n'eut de mère. Seulement un père, qui est Moi. Sûrement accouchée de mon imaginaire, un petit bout de papier mal crayonné, une petite fée qui n'est pas vraie. Seulement pour moi.

Enfin, je l'espère.

Un personnage unique au monde, parce qu'actrice de mon univers seulement.

La reine de mon royaume de verre ; car le cristal, c'est bien trop cher.

Elle n'appartient qu'à moi, et jamais je ne la prêterai. Petit être d'une grande fragilité, vous pourriez de vos doigts malhabiles la casser. Et si jamais cela advenait, les veines de mes poignets je me lacérerais, et de mon sang la reformerais, la refaçonnerais. Que ma petite œuvre puisse ressusciter.

Mais que ferait-elle, alors, sans moi, parmi vous qui n'êtes que triste réalité ?

C'est pourquoi je suis enfermé depuis toutes ces années, une éternité, dans cette cage de fer, cette tour d'acier, avec mon petit bonheur, ma petite fée ; et que j'y suis tellement heureux que quelquefois, j'en pleure, se déchire mon cœur, pétales de fleurs.

Mais elle est là, avec moi.

C'est bien vrai, n'est-ce pas ?

Ofeli, réponds-moi…

# La route

Je me suis enfui du grenier. L'air y était devenu irrespirable.
Et je ne dois pas rester au même endroit.
Toujours être en mouvement.
Les victimes ont des parents, et ils doivent me chercher. Je suis traqué ; je le sens.
La colère des gens.
La fin de l'histoire est proche.
Alors je marche, droit devant.
Cela fait plus d'une semaine que j'ai quitté Paris.
Le jour, je reste caché. Je me dissimule aux yeux du monde. Je change de lieux, sans cesse. Adresses d'infortunes, souvent inconfortables.
La nuit, je me déplace sans un bruit, accompagné de ma horde fantastique, Ofeli en tête. C'est elle qui guide, à présent. Nous Poursuivons la mission, notre destinée. Tout est écrit ; c'est ainsi que cela doit se passer.
Une pluie lourde et froide s'abat sur la région depuis des jours. Tout est gris, et ça me plaît ainsi. Cela correspond à mes idées. Et la pluie délave un peu mes pensées.

Je progresse sur une route boueuse, marquée d'empreintes indélébiles qui ne s'effaceront jamais. Une bien singulière progression.

La chasse a commencé. Je suis devenu leur proie.

Les chiens aboient, au loin.

Le jour, j'attends la nuit. Et je me surprends à penser.

Penser au temps.

C'est cruel le temps. Brutal, violent.

Je pense à ces moments, passés. Trop présents, en cet instant.

Emplissant chaque recoin de l'esprit, y déposant une fine couche d'un élément âpre, salé, odorant.

Les souvenirs affligent, ne me laisseront jamais en paix.

Des sons, des voix me reviennent, emplissent mes oreilles.

Les séquences sont plus longues qu'elles ne l'ont jamais été, jadis. Moins nombreuses aussi. Sélectionnées avec soin par le subconscient.

Les plus douces, alors, deviennent les plus douloureuses.

Les moments les plus agréables, d'antan, deviennent les plus pénibles, subitement, à se remémorer.

Et plus ils sont proches d'un bonheur enfoui, plus l'aiguille s'enfonce, distillant un poison amer, infligeant une agonie dévastatrice.

Est-ce que tout ceci a commencé lorsque j'ai rencontré Ofeli, sur cette falaise ?

Je ne sais même plus qui j'étais vraiment, avant.

Le temps est bien trop cruel.

Et j'aspire à la sérénité.

Que tout s'arrête, enfin.

Alors, à la nuit tombée, je reprends la route pour fuir le passé, et essayer d'oublier.

…

Une maison isolée, sur une colline cachée.

Un joli visage. Mes yeux, dilatés.

Des lèvres sensuelles. Mes longues dents blanches.

Elle m'a dit : « Entre, pour un instant, pour une nuit. »

Dès lors, l'histoire s'écrit. Inexorablement.

L'innocence la rend aveugle. Si belle.

Mes grands yeux blancs la scrutent, la sentent, la goûtent.

Le clair de lune ; deux lunes jumelles l'observent.

Pas un son.

Nul besoin de parler.

Tout est écrit.

La ligne qui suit n'y changera rien.

Un coup de griffe lacère son bras. Coup de couteau ; personne n'est parfait. Alors il faut modifier. Remodeler. La lame sert à cela.

La chair s'efface, se change, se modifie. Je m'en nourris.

Un choc. Tes yeux n'arrêtent plus de s'écarquiller, se dilater. L'étonnement, et bien au-delà. L'iris explose.

Ta bouche suit le même pli. Ces lèvres sensuelles. Ce trou béant.

Ce joli visage. Mes longues dents blanches.

Les chairs sont ravagées, l'esprit anéanti. La dévastation.

Un désastre.

Et nous t'accompagnerons, inerte, près de la rivière. La ligne qui suit ne changera jamais cela.

C'était écrit.

Tout est écrit ; la suite aussi. Mais chacun est libre d'arrêter sa lecture quand il veut.

La jeune fille ne sortira jamais de mon ventre, ne sera jamais sauvée comme dans le conte pour enfants.

La jeune fille ne sera jamais sauvée, effectivement.

J'étais libre de stopper ma lecture ici, et c'était mon souhait. Ma décision.

Que tout s'arrête, enfin.

Mais certains n'hésitent pas à écrire leur propre suite. Là, ce n'est pas la mienne. Je n'ai même pas eu le temps, d'y penser.

Je les ai vus, spectateur impuissant. Lame, qui tailladait avec acharnement. PsYché se délectant, satisfait. NevroZ, légèrement en retrait. Et Ofeli menant le bal, affamée, perpétuelle inassouvie. Ils s'en donnaient à cœur joie. Coupant la chair, violant l'esprit.

Je ne les maîtrise plus, mes habitants. Ils ont pris le contrôle, c'est eux qui écrivent mon histoire à présent.

Je ne supporte plus. J'aimerais tellement arrêter la lecture, maintenant.

\* \*
\*

Puis des gens sont venus, leurs visages déformés par la haine. Ils m'ont parlé. Je ne les ai pas entendus. Ou plutôt pas compris. Nous n'avions pas le même langage.

Mon œil m'a fait horriblement mal d'un seul coup, s'est enfoncé profondément dans son orbite, comme pour se cacher, ne plus rien voir ; ne plus être témoin de toutes ces choses.

Mes jambes se sont dérobées du sol. Les fémurs se sont brisés, dans un sinistre craquement d'os.

Le dos de ma tête a percuté quelque chose de dur, d'anguleux, me refermant la mâchoire sur la langue, mes dents la cisaillant. Les longues dents blanches.

À présent, moi non plus je n'aurai plus l'usage de la parole. Peu importe, mes yeux sauront le faire ; comme Ofeli.

De toute façon je n'en ai plus l'utilité, dans mon monde. L'intériorité.

Puis les images se sont effacées, les sons ont disparu.

Les gens avec.

À nouveau, je me retrouvai dans ces ténèbres si familières, avec cette fois, des sensations ensommeillées de douleurs lointaines.

Ce fut tout.

…

Décortiquez-moi. Arrachez chaque parcelle de mon corps. Déchirez chaque partie de mes membres.

Griffez-moi. Dispersez-moi dans toutes les directions. Volez tout ce qui me constitue. Dérober jusqu'au moindre pore de ma peau.

Vous n'atteindrez jamais ma maison.

Ma maison se situe dans ma tête.

Et même si vous la fracassiez, la pilleriez, rien n'y ferait.

Ma maison est mon esprit. Mon esprit est ma demeure.

Je ne suis plus qu'un esprit, demeure des vents.

Ces vents m'habitent depuis longtemps. Ils sifflent et hurlent pour tout le mal que vous m'avez fait.

Votre maison, si petite soit-elle, sera dévastée en un instant. Pour votre plus grand malheur.

L'empreinte mentale restera toujours là.

Jusqu'à ce que le mal soit réparé.

Et si vous avez de la chance, Lame se chargera de vous remodeler, selon son humeur.

Décortiquez-moi. Vous n'irez plus en paix.

Ce n'est pas là basse vengeance ; juste une question de fatalité.

\* \*
\*

Le noir d'abord.

Immédiatement après, une douleur aiguë. Un goût aigre.

La lèvre me fait atrocement mal. Je ne sens pas ma langue.

Les morceaux se recollent, peu à peu. Je me souviens. Ces gens, leurs visages hostiles. Les parents de mes victimes.

J'ouvre les yeux avec difficulté. Une lumière particulière, agressive, absorbe les taches noires dans mes yeux. Des néons.

Des sons me parviennent. Des voix autour de moi.

Je suis vivant.

Pour combien de temps ?

Je ne reconnais pas le lieu.

Il y a des gens, tous différents. Tous pareils, en un point.

Des frères, qui ont trouvé, comme moi, la clef ; le secret.

Ofeli m'a appris, que la vie n'est pas ici. La vie est dans l'esprit.

L'immensité colorée.

Tant de choses, comparées à ici.

C'en est risible, de songer qu'autant de gens peuvent se tromper. Qu'ils ne savent pas, ne se doutent pas, de tout ce qu'ils ratent.

Il leur manque tout.

Peut-être un jour rencontreront-ils Ofeli ? Qui sache leur montrer.

La voie, l'accès.

Tous les gens de cet endroit ont compris. Chacun à sa manière, a su se laisser aller.

Je suis resté plusieurs jours dans ce lieu froid, blanc. Entouré de ces gens.

J'ai cru que d'abord l'on se ressemblait. Je me suis trompé.

Très vite, ils m'ont agacé. Certains hurlaient, d'autres chantaient.

Je n'ai trouvé personne comme moi, qui rêvait.

Alors, ils ont resurgi. Jadis, j'ai cru pouvoir maîtriser mes amis, mon intériorité. Je me suis trompé.

NevroZ a pris l'accès, il m'a dépassé ; a devancé ma pensée.

Et il n'a pas supporté. Tous ces gens, tous ces tourments. Des êtres dérangés. NevroZ a tout absorbé. Ils n'ont pas eu peur de lui, pour une fois. Mais c'est bien pire encore, pour son sort. Il n'a pas eu le temps d'échanger, comme il l'a toujours fait ; jusqu'à ce qu'il n'ait plus rien à donner. Là, tout est resté.

Je n'avais pas l'habitude. Toutes ces pensées, ces sentiments, si différents. Je n'ai pas supporté.

Lame est intervenu, alors. Mon préféré. Ma véritable identité. La plus forte du moins.

Mal à la tête. Céphalée.

Tout couper. De cette fine lame aiguisée. Comme mes lèvres. Mes lèvres sont aiguisées. Mon baiser est mortel.

Mal à la tête. Céphalée.

Tout couper. De cette fine lame aiguisée. Cette arme blanche ; ce couperet pourtant entaché.

Couper à travers champs ; couper tout sur le champ.

Mal à la tête.

Tout couper. M'exorciser.

De cette fine lame aiguisée.

Prolongation de mon bras ; prolongation de mon Moi.
Mal au ventre. Mal partout.
Couper court. Couper tout.
Mon baiser est mortel.
Mon bras annule mon Moi.
Mon baiser est mortel ; mes lèvres sont comme le sang.
Tout ce sang. Me serais-je embrassé ?

Je n'ai plus mal à la tête.

…

— Il est mort, docteur. Son cœur ne bat plus. Tout ce sang… Comment a-t-il fait pour se suicider ? »

Hémorragie interne. L'externe est effacé.

# Lettre de Lame

Je m'appelle RéZo, et je suis un meurtrier.

Oh, ce n'est pas mon vrai prénom, ni mon vrai métier. Juste ce que je suis. Un être fragmenté, une constellation de sous-entités. Un réseau complexe d'interconnexions psychiques et existentielles.

Certains disent troubles dissociatifs de l'identité.

J'ai été investi de la mission de retrouver le meurtrier d'Ofeli.

Ma tendre et chère Ofeli. L'anagramme de « folie », ça ne vous aura pas échappé.

Ma tendre et chère folie.

J'ai fini par le retrouver, ce meurtrier. Et pour mettre un terme à ma quête, je me dois de l'éliminer. Promesse tenue.

**Je me suis enfin retrouvé.**

A l'origine, il y a le devoir de se défaire de l'enfance, lui échapper. Il le faut. J'ai essayé. Mais impossible d'y parvenir.

Pour cela je l'ai tuée.

Mon acte premier.

Mais Ofeli n'est jamais partie. Elle est toujours là, partout où je vais.

Elle me hante. Et me dicte des agissements inappropriés.

Cet acte m'a fait plonger, tout entier. Je me suis abandonné.

Mes amis m'y ont aidé. Lame, PsYché, NevroZ. Ma famille.

Je peux les sentir, à mes côtés. Invisibles, mais présents. Je peux compter sur eux.

Monstres intangibles. Fantômes de mon esprit. Souvent animés d'une volonté propre, échappant à mon contrôle.

Faisant de moi leur victime, tout en étant le bourreau.

J'avoue être totalement perdu. Ai-je tué ? Suis-je simplement l'observateur impuissant de ces êtres qui prennent vie malgré moi ?

Ou tout cela n'est-il que le pur fruit de mon imagination ?

Ces dernières semaines n'ont été qu'un chemin de douleur et de doutes. Je ne souhaite pas avancer plus loin.

Que tout s'arrête, enfin.

J'écris mon histoire, ma propre suite.

*Je stoppe la lecture ici.*

À paraître : *Oréli*.